向大師學習寫作

高詩佳 著

Mind Map

圖解：我的第一本心智圖（MIND MAP）作文書

閱讀本書，將再次打破「不會寫作文，不懂如何閱讀」的困境。讓你一讀就立刻上手，輕鬆寫出好作文！

閱讀心智圖小撇步：

1. 仔細閱讀「**經典原文**」和「**解讀心智圖**」，對照「**心智圖**」裡的關鍵詞，就能掌握閱讀的重點。
2. 心智圖的每個「**主幹**」（1、2、3、4……），都是文章結構的分類。主幹分出來後，再加以細出「支幹」、「小支幹」。
3. 最後，在「心智圖練習」上練習繪圖，就能掌握繪製心智圖的方法。

閱讀小撇步：

1.仔細閱讀「經典原文」和「解讀心智圖」，對照「心智圖」裡的關鍵詞，就能掌握閱讀的重點。

2.心智圖的每個「主幹」（1234…），都是文章結構的分類，主幹分出來後，再加以細分出「支幹」、「小支幹」等。

3.最後，在「心智圖練習」上練習繪圖，就能掌握繪製心智圖的方法了。

漫畫經典
修辭散步
文學遊戲場
閱讀素養 向大師學寫作 心智圖練習
『文學閱讀素養』 參考答案

差不多先生傳 胡適 描寫人物
童心 王尚義
美麗的姑娘 盧隱
戰士和蒼蠅 魯迅 敘事論理
餓 蕭紅
病房雜記：恒惡 張我軍
春 朱自清 描寫景物
白水漈
春雨 梁遇春
諸花生 許地山 託物言志
鋼鐵假山 夏丏尊
風箏 魯迅
巴黎的鱗爪 徐志摩 抒發情意
蛛絲與梅花 林徽因
苦笑 王尚義

形象塑造
- 外表
- 語言
- 行動
- 環境
- 性格
- 心理
- 思想

1

觀念大聲說

作文

思考力
- 夾敘夾議
- 演繹歸納
- 前因後果
- 對等並重
- 對立相反

大自然

人間萬物
- 主次分明
- 由物到景
- 塗抹色彩
- 投注感情
- 景景相連
- 動靜交織
- 情景交融

想像力
- 找出特徵
- 把握關連
- 運用修辭
- 由外而內
- 物與人事

詠物興情
借景抒情
情理兼具

因人生情
敘事傳情
感時訴情

漫步在經典文學的花園

記得小學四年級時，在一個無聊的午後，我爬上父親的書架，四處尋找可以打發時間的書。忽然，有個奇特的書名引起我的興趣：《駱駝祥子》。這作者的名字也很怪，叫做「老舍」。一看作者簡介說：「生於1899年2月3日，深受五四運動的影響……」啥？那麼老！更令人覺得好奇。於是我一頭埋進「祥子」的人生，閱讀小說中精采的文字，陪著他受苦，也陪著他歡樂。

從此以後，我深深地愛上「這個年代」的「老作家」，覺得「薑是老的辣」！有很長的時期都專找這些經典文學來讀，小小年紀，寫作能力竟也迅速提升了。我知道，每部經典都能餵養我們貧瘠的心，與老舍年代接近的徐志摩、朱自清、魯迅、夏丏尊、張我軍、王尚義……這些哲人雖已遠去，但他們留下的不朽作品，卻在我心裡發芽、生根，啓發我的思想、安頓我的心靈，引領我認識世界。我迫不及待要將這些經典文學介紹給學子們。

自2009年6月始，筆者開始進行「中文作文」的師資培訓與演講，之後一場接一場，足跡廣及全國各國小、國中、高中、大學乃至補習班，短短一年餘，累積了五十多場，之後更有上百場的演講、授課。當我有機會面對許多老師、家長與學生時，最常被問到的問題就是：「我們的學生該讀些什麼？」或是：「怎樣才能從閱讀中學習寫作？」

其實根據筆者十餘年的教學經驗，閱讀，並不只是把文章「看完」而已，閱讀時還必須同步進行「思考」和有效率地讀，才能夠讀出「效果」；閱讀的文章更需要經過謹慎挑選。所以我決定著手為學子選擇幾篇好文章，時常回顧這些優秀作品，我們必然能

收穫滿滿。

　　繼系列作《圖解：我的第一本作文書》後，這本《圖解：我的第一本心智圖作文書》精選了更多篇散文大師的不朽作品，這些文章有的傳達對於美好世界的嚮往，有的表現對人生和自我的省思，也有抒發對生活的品味和體驗，筆端蘊含濃濃的情意，讓我們透過文字，彷彿見到魯迅雙目炯炯有神，以熱情的聲調鼓勵我們創新思想；見到徐志摩熱愛生命、嚮往大自然和對山林的沉醉；也見到王尚義對孩子的童心充滿憐愛與疼惜，以及張我軍對生死的領悟。

　　透過文字，我們將與大師們進行一場心靈之旅，隨著大師的腳步，漫步在經典文學的花園裡，在每一次的閱讀中，我們將會得到不同的成長與啟發。

　　本書以淺顯易懂的文字，精妙地解析散文作品，每篇文章都有心智圖（Mind Map）和解讀、賞析指引讀者，幫助你掌握重點，用「聯想」來記憶文章的內容、結構、思想、意義。並有「文學遊戲場」和「心智圖練習」的設計，以鍛鍊圖像思考力，強化整體構思文章的能力。文章搭配插畫家繪製的精美圖畫，讓經典文學添上彩翼，飛進我們的綺麗童年，也飛進學子的想像世界。閱讀這本書，我們將與大師一同在文學中體驗人生，向大師學習寫作。

詩佳老師於臺北市立圖書館對「林老師故事團」演講

目錄

PART 2 思考力好好玩：敘事論理　43

PART 1

形象塑造好好玩

描寫人物

觀念大聲說

▶什麼是描寫？

　　描寫，是在寫作時把人物、事件、環境和特徵刻畫出來的一種方式，就像畫家畫素描一樣，描寫也很重視「描摹」的功夫，只不過在書寫時，是運用文字來反映事物的特徵，引人產生畫面、色彩和聲音的印象，才能帶起讀者的想像。

　　描寫和偵探辦案一樣，都很重視「真實」，當我們學會了描寫的方法，就能讓筆下的人、事、物都有鮮明的形象，使它們在紙上也能夠如聞其聲、如見其人。比如在形容美女時說：「我每天只睡一個小時，皮膚依然如絲緞般光滑潤澤、比牛奶還白皙動人。」就概括地點出了特徵。當然，除了概括的白描方式，你還可以更細膩一些，以下是白描和細描的比較：

：光滑潤澤（　　　　　）＋白皙動人（　　　　　）

白描法

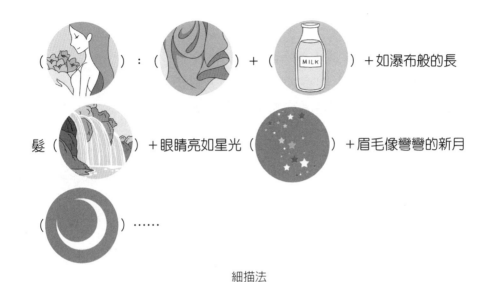

（　　　　　）：（　　　　　）＋（　　　　　）＋如瀑布般的長

髮（　　　　　）＋眼睛亮如星光（　　　　　）＋眉毛像彎彎的新月

（　　　　　）……

細描法

▶怎樣描寫人物？

　　我們應該挑選有特色的對象來描寫，文章才會有趣。描寫的對象，可以包括萬千世界中的各種物體（有生命、無生命）、人物、情狀、行動、事件的特徵和感官感受。

　　透過對人物的樣貌、身世、經歷或事蹟的描述，我們可以突出人物的形象。但是寫人不能只寫外貌而已，更要進一步從人物的行為、環境、性格、心理和語言等各方面來描寫他，好比如果想要認識一個人，最好對他有各方面的瞭解。

　　描寫的方法可以分為外在和內在。外在包括人物的外表、行為、環境和語言，內在則包括性格與思想，一定要面面俱到，盡量做到內外兼顧。想一想，如果這裡有一隻白色的小熊，我該怎麼描寫牠？

3

1.外表印象

外表是我們給別人的第一印象，要把人物描寫好，就得先觀察人物的特徵，像是長相、身材、服裝、表情等等，都要具體刻劃，才能把人物描繪得栩栩如生。

小熊的穿著打扮

2.聆聽對話

「聽其言，觀其行」，想要讓讀者認識你筆下的人物，就要讓讀者有機會聽他「說話」。對話可以反映人物的內心，但是人物的「發言」必須符合他的年齡、職業、身份。讀者也能從對話中了解故事情節。

小熊與小貓對話

3.觀察行為

行為是人物思想的具體表現，也就是
「肢體語言」。我們描述出人物的種種行
為，比如握手、跌倒、翻白眼、手叉腰等
等，讀者就會更容易了解人物，還能咀嚼出
蘊藏在背後的意義。

小熊與小貓友善地互動

4.搭配環境

人物周圍的環境，有成長和居住的環
境，或後天生活和工作的環境、去過的地方
等等，這些對環境的描繪，能幫助我們判斷
人物的個性，我們可以搭配人物的性格一起
寫。

小熊的住家

5.反映性格

　　用形容詞寫出人物的個性特質或情緒狀況，人物的形象就會十分鮮明。直接的形容像是「豪放爽朗」、「溫文儒雅」，需要想像的就像「皮笑肉不笑」、「幽默風趣」等詞，都能讓人物形象在紙上活了起來。

小熊的性格與情緒

6.表達思想

　　思想指的是人物的想法和念頭。如果寫出人物對自己的生活、人生、事物的看法，就能表現他的心理和思想，這也是呈現人物內心世界的一種方式。

小熊在想什麼？

名篇選讀

1. 差不多先生傳 / 胡適

▶經典原文

　　你知道中國最有名的人是誰？提起此人，人人皆曉，處處聞名，他姓差，名不多，是各省各縣各村人氏。你一定見過他，一定聽過別人談起他，差不多先生的名字，天天掛在大家的口頭[1]，因為他是中國全國人的代表。

　　差不多先生的相貌，和你和我都差不多。他有一雙眼睛，但看得不很清楚；有兩隻耳朵，但聽得不很分明；有鼻子和嘴，但他對於氣味和口味都不很講究[2]；他的腦子也不小，但他的記性卻不很精明，他的思想也不很細密。

　　他常常說：「凡事只要差不多就好了。何必太精明呢？」

　　他小的時候，他媽叫他去買紅糖，他買了白糖回來。他媽罵他，他搖搖頭道：「紅糖白糖不是差不多嗎？」

1　口頭：言語，指經常被人們提及。

2　講究：追求事物的精美。

他在學堂[3]的時候，先生問他：「直隸省[4]的西邊是哪一省？」他説是陝西。先生説：「錯了。是山西，不是陝西。」他説：「陝西山西[5]不是差不多嗎？」

後來他在一個錢鋪[6]裡做夥計[7]。他也會寫，也會算，只是總不會精細；十字常常寫成千字，千字常常寫成十字。掌櫃[8]的生氣了，常常罵他。他只笑嘻嘻地賠小心[9]道：「千字比十字只多一小撇，不是差不多嗎？」

有一天，他為了一件要緊的事，要搭火車到上海去。他從從容容[10]地走到火車站，遲了兩分鐘，火車已開走了。他白瞪著眼[11]，望著遠遠的火車上的煤煙，搖搖頭道：「只好明天再走了。今天走同[12]明天走，也還差不多，可是火車公司未免太認真了，八點三十分開，同八點三十二分開，不是差不多嗎？」他一面説，一面慢慢地走回家，心裡總不很明白，為什麼火車不肯等他

3　學堂：古代學生讀書就學的場所，指學校。

4　直隸省：中國早期的行政區劃，指直屬京師的地方，現已改名。

5　陝西、山西：陝西，省名，因在陝原（今河南陝縣一帶）之西而得名。陝，音ㄕㄢˇ。山西，省名，西鄰陝西，以黃河為界，南界河南，北界綏遠。「山、陝」常因為音近而被混淆。

6　錢鋪：兌換錢幣的商店。

7　夥計：店員，受雇用的人。

8　掌櫃：商店、客棧中總管事物的人，猶如今之店長。

9　賠小心：對人低聲下氣，態度恭敬謙虛，以博得好感或使人息怒。

10　從從容容：鎮定沉著，不慌不忙。從，音ㄘㄨㄥˊ。

11　白瞪著眼：張大眼睛直看，比喻沒辦法。

12　同：和、與、跟。

兩分鐘。

　　有一天，他忽然得一急病，趕快叫家人去請東街的汪先生。那家人急急忙忙地跑去，一時尋不著東街的汪大夫，卻把西街的牛醫[13]王大夫請來了。差不多先生病在床上，知道尋錯了人；但病急了，身上痛苦，心裡焦急，等不得了，心裡想道：「好在王大夫同汪大夫也差不多，讓他試試看罷。」於是這位牛醫王大夫走近床前，用醫牛的法子[14]給差不多先生治病。不上一點鐘[15]，差不多先生就一命嗚呼[16]了。

　　差不多先生差不多要死的時候，一口氣斷斷續續地說道：「活人同死人也差……差……差……不多，……凡事只要……差……差……不多……就……好了，……何……何……必……太……太認真呢？」他說完了這句格言[17]，方才絕氣[18]了。

　　他死後，大家都很稱讚差不多先生樣樣事情看得破，想得通，大家都說他一生不肯認真，不肯算帳[19]，不肯計較，真是一位有德行的人，於是大家給他取個死

13 牛醫：醫治牛羊馬等牲畜的獸醫。

14 法子：方法。

15 不上一點鐘：不到一個小時。

16 一命嗚呼：指生命結束。嗚呼，悲哀的感嘆詞。

17 格言：可以為人法則、砥礪言行的簡短詞語。本文為反諷。

18 絕氣：氣息斷絕，指過世。

19 算帳：與人爭執較量，以解決糾紛，含有報復之意。

後的法號[20]，叫他做圓通大師。

　　他的名譽越傳越遠，越久越大。無數無數的人，都學他的榜樣。於是人人都成了一個差不多先生。——然而中國從此就成了一個懶人國了。

▶認識名家

　　胡適（1891～1962年），原名嗣穈（ㄇㄣˊ），行名洪騂（ㄒㄧㄥ），字希疆，後改名適，字適之，安徽績溪上庄村人。現代著名學者，更是歷史家、文學家與哲學家。曾任北京大學校長，在1957年出任臺灣中央研究院院長。1962年逝世，享年72歲。

　　胡適年輕時就接觸西方的思想文化，後來加入《新青年》雜誌，撰寫提倡自由、民主和科學的文章，主張文學改良和白話文學，成為「新文化運動」[21]的重要人物，又發表了〈文學改良芻議〉[22]，主張以白話文代替文言文，寫文章「不作無病之呻吟」、「須言之有物」等看法，為文學注入了新的思想，始終堅持獨立的批判精神。作品範圍廣，主要有《胡適文存》、《中國哲學史大綱》、《白話文學史》、《胡適文選》、《四十自述》、《胡適日記》等。

---

[20] 法號：佛教、道教的信徒受戒時，由其師父所取的名號。

[21] 新文化運動：是學術界的革新運動。西元1919年5月4日前夕，陳獨秀在《新青年》雜誌刊登文章，提倡民主與科學，批判中國文化，甚至傳播馬克思主義思想；而以胡適為代表的溫和派，則反對馬克思主義，支持白話文運動，主張以實用主義代替儒家學說，隱然成為「新文化運動」，在「五四」運動以後更為蓬勃。

[22] 文學改良芻議：西元1917年，由胡適所發表，提倡用白話文寫作。

▶題解

　　本文出自《胡適選集》，是一篇虛構的傳記式寓言。文章從主角「差不多先生」一生中的幾件事情，來勾勒他的個性和思想。作者藉著虛構人物，諷刺社會上某些處事敷衍苟且的人，並且勸勉大眾應該改變這個習性，國家才有希望。胡適受西方科學的浸潤頗深，從文章可得見他具有實事求是的精神。

▶解讀心智圖：差不多先生

　　〈差不多先生傳〉是一篇虛擬的人物傳記，故事按照時間順序，將差不多先生一生的遭遇敘述出來。一開始，先介紹差不多先生的外貌及處世態度，然後從他的兒時、學生時期、出社會工作、生病、死亡等，描述有代表性的幾件事蹟，構成了一篇趣味盎然、寓義深遠的故事。

　　第一段開頭，就用「自問自答」的設問法，提出：「你知道中國最有名的人是誰？」引起讀者的好奇，然後說：「提起此人，人人皆曉，處處聞名。」隨後正式介紹「差不多先生」的名字，這樣的寫法，加強了主角的神祕感。這個名字十分與眾不同，而且是全文的核心，所以作者先大略解釋一下名字的由來，說差不多先生是「各省各縣各村人氏」，為後文「他是中國全國人的代表」設下伏筆。

　　第二、三段，作者舉出了一件又一件的例子，提供更多的證據，告訴我們差不多先生是個怎樣的人。以「由外而內」的寫法，從差不多先生的相貌開始講，這整段為他塑造了模糊的形象，使他的相貌像他的為人，模稜兩可、沒有原則。第三段，逐步說到差不多先生的內在思想，透過他的口頭禪：「凡事只要差不多就好了。何必太精明呢？」引起下文的事例，具有承上啟下的作用，而「差不多」的人

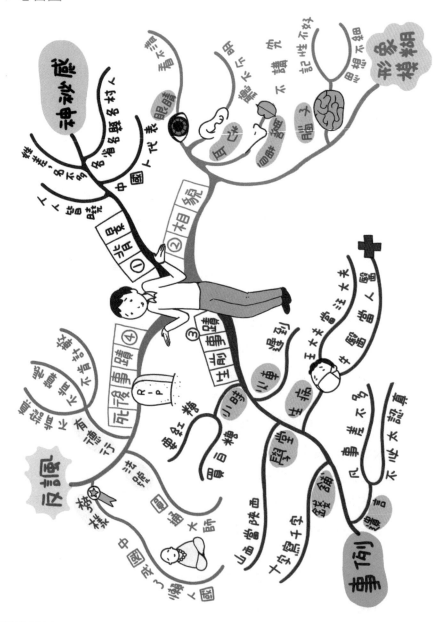

格特質，也跟著由淺入深地揭露出來了。

　　第四段到第九段的焦點，放在描寫差不多先生從小到大，直到死亡的幾則事例。因為他抱持「差不多」的處世態度，所以成年後發生的事便嚴重起來，後果與影響的程度也逐步加重。作者先從差不多先生的生前事蹟舉例：小時候，他買錯了糖，覺得「紅糖和白糖差不多」，不需要反省；讀書時，將「山西讀成陝西」，讀錯了也沒關係，能蒙混過關就好；進入社會工作後，仍然不改「差不多」的態度，記帳時「把千字寫成十字」，造成錢鋪的損失，還是不改正，反正「千與十只差一小撇」。

　　這些瑣碎的小事，後來演變成更嚴重的事情，使主角甚至因此喪命。在第八段，差不多先生得了重病，但是家人「一時尋不著東街的汪大夫，卻把西街的牛醫王大夫請來了」，讓獸醫為人治病，這段情節使讀者感到驚嘆，原來差不多先生全家人都是類似的個性，正呼應首段點出的「差不多先生是中國全國人的代表」，前後呼應法的運用，使文章主題能夠緊緊地扣在一起，也為差不多先生的死，埋下了伏筆。

　　第九到十一段，作者集中地運用反諷法，敘述差不多先生的死亡與死後事蹟。俗話說：「人之將死，其言也善。」遺言通常可以流露一個人的真情，但差不多先生的遺言竟是：「凡事只要差不多就好，何必太認真呢？」對自己被誤診，也是「差不多」、「無所謂」的態度，可見「差不多」的思想已經根深柢固、無可救藥了。於是在文章最後，作者諷刺差不多先生「有德行」，是「全中國人的代表」，但是直言：「然而中國從此就成了一個懶人國了。」文章以小觀大，以諷喻作結，首尾呼應，在結尾將主旨完全揭示出來。

　　本文是胡適針對中國人的處世態度，所做的最深刻的諷刺，傳達他憂國憂民的思想。寫作技巧高妙，作者不做評論，而是藉著幾個事件讓故事自己說話，給讀者自主思考和省思的機會。在結構上分為四個層次：介紹背景、描繪形象、敘述生前與死後事蹟，由淺入深、層層深入，正如文學家老舍所說的：「不用任何形容，只是清清楚楚寫下來的文章，而且寫得好，就是最大的本事，真正的功夫。」

▶ 修辭散步

1. 設問：為了引起讀者的注意，作者自問自答。如：「你知道中國最有名的人是誰？」（提問）

2. 對偶：將字數相等、詞性相同、句法相同的句子，對稱地排列在一起。如：「人人皆曉，處處聞名。」

3. 排比：排列兩組或以上相近的句型，以表達同範圍、同性質的情思或意念。如：「他有一雙眼睛，但看得不很清楚；有兩隻耳朵，但聽得不很分明；有鼻子和嘴，但他對於氣味和口味都不很講究；他的腦子也不小，但他的記性卻不很精明，他的思想也不很細密」等。

4. 類疊：將同一個字詞重疊使用。如：「從從容容」、「急急忙忙」、「斷斷續續」（疊字）等。

5. 倒反：就是說反話、反諷，表面上讚美，卻含有嘲弄諷刺的意味。如：「大家都很稱讚差不多先生樣樣事情看得破，想得通」、「真是一位有德行的人」、「叫他做圓通大師」、「無數無數的人，都學他的榜樣」等。

你怎麼買了白糖回來？

紅糖、白糖不是差不多嗎？

他小的時候，媽媽叫他去買紅糖，但他買了白糖回來。

$錢鋪$

你怎麼又寫錯了！

千字跟十字只差一撇，不是差不多嗎？

他也會寫，也會算，只是總不仔細。

8:30開，同8:32開，不是差不多？

他不明白為什麼火車不肯多等他兩分鐘。

活人……同死人也差不多，何必太……認真？

牛醫王大夫用醫牛的法子，醫死了差不多先生。

▶文學遊戲場

一、閱讀素養

（　　）1.〈差不多先生〉一文的寫作脈絡是什麼？

　　　　(A) 人物背景－塑造形象－敘述事蹟－死後影響

　　　　(B) 塑造形象－人物背景－敘述事蹟－死後影響

　　　　(C) 敘述事蹟－塑造形象－人物背景－死後影響

　　　　(D) 死後影響－人物背景－塑造形象－敘述事蹟

（　　）2.差不多先生最主要的死因是什麼？

　　　　(A) 找到沒有執照的庸醫為他治療。

　　　　(B) 他固執不肯就醫。

　　　　(C) 他病入膏肓，無藥可救。

　　　　(D) 他找錯醫生，還不以為意。

二、向大師學寫作

作文題目：

　　從胡適撰寫的〈差不多先生傳〉中，我們了解為人處世倘若態度馬虎，可能造成不好的後果。想一想，如果所有人都抱著差不多和馬虎的生活態度，這世界會變成什麼樣子？假設「差不多先生」遇到了一個「馬虎小姐」，他們之間會有怎樣的互動？會造成怎樣的結果？請發揮想像力，以「當差不多先生遇上馬虎小姐」為題，寫一篇有事例、有諷刺意義的文章。

作文提示：

　　審題：作文要圍繞著「差不多」和「馬虎」的生活態度來發揮，並且假設抱持這樣的態度，會在待人處世上遇到什麼問題。開頭：使用<u>寫人法</u>，從「馬虎小姐」的名字、相貌、穿著打扮開始寫起，每個細節都要緊扣住「馬虎」的主題，為馬虎小姐塑造出「人如其名」的形象。經過：用列舉法來敘述差不多先生遇到馬虎小姐以後，所發生的幾件事情，每一件事例都要與無所謂、沒有原則的生活態度有關。要思考的是這兩個生活態度相像的人在一起時，會帶給對方哪些更糟糕的影響。結尾：運用<u>反諷法</u>，表面上讚美馬虎小姐隨和、聽話，實際上是諷刺她的生活態度，而馬虎小姐與差不多先生在一起發生的事情，也讓讀者領悟到物以類聚、近朱者赤可能造成的負面影響。

三、心智圖練習

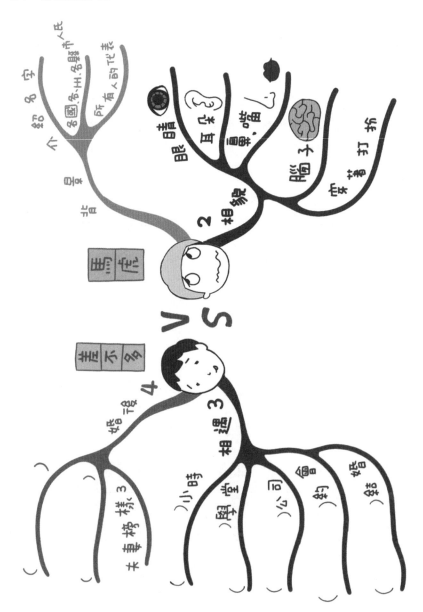

提示：主幹按照時序來分類，能不能再細分一層支幹？

名篇選讀

2.童心 / 王尚義

▶經典原文

　　不知從什麼時候起，弟弟的脾氣開始變得暴躁、易怒，常常有反抗的情緒，稍微說他一句，他便會嘔半天的氣[1]，尤其是吃飯的時候，一個人鼓著嘴[2]，坐在藤椅上，眼眶裡滾滾地含著淚水。

　　媽憂慮地說：「這孩子，這麼小就會生氣，不好。」

　　爸接著寬解說：「照兒童心理學上講，五六歲正是反抗的年紀。」

　　妹妹從來不饒[3]弟弟的，她指著弟弟說：「最壞了，以後誰也不跟你玩。」

　　我呢，我從來沒注意過弟弟。

　　可是弟弟的脾氣突然變得溫和的時候，我倒有些注意了。我們家那隻混血的母狗──來茜[4]，生了四隻小狗娃，弟弟前前後後地跑著叫著，向每個人報告喜訊，

---

1 嘔氣：賭氣，鬧彆扭。嘔，音ㄡˇ。
2 鼓著嘴：使性子時，將嘴向前噘起。
3 不饒：指嚴格，不寬恕。
4 茜：音ㄑㄧㄢ。

他的圓臉蛋上掛滿了稚藹⁵的笑容。

「這孩子簡直著了迷，」媽吃飯時說，「白天不肯離開狗窩一步，看得還不夠，晚上偷偷爬起來說上廁所（弟弟本來是很膽小的），凍得冰冷回來了，我一聞到他身上的腥氣，就知道他又去和小狗玩了。」

小狗漸漸長大，弟弟的精神也愈來愈活潑，他餵牠們吃稀飯，給牠們講故事，抱著牠們到處玩。

但我們卻開始討厭小狗了。媽的新被單被小狗印了一條泥印，妹妹的玻璃絲襪被咬了一個洞，爸的一隻皮鞋被拖在臭水溝裡，而我新洗的西褲有一次被小狗弄髒的時候，我恨不得將牠們一個個都踢死。

「家裡要這麼多狗做什麼？趕快送出去。」妹妹最先提議，我附議。媽接著贊成說：「一隻大的已經夠餵的了。」

弟弟聽說我們要把小狗全部送給別人，他哭得不肯吃飯。

全家都來勸他了。

「小狗在我們家會餓死的，沒有人餵牠們。」媽溫和地對弟弟說。

「我餵，我會餵！」弟弟哭著說。

---

5 稚藹：稚氣，和藹。藹，音ㄞˇ。

　　「小狗到處跑，髒死了，弄髒了衣服誰去洗？」妹妹說。

　　「我們家有一隻大狗就夠了，要那麼多幹什麼？」爸笑著說。

　　「而且，來茜還會生的呀，再過三個月又生小狗了。」媽又補充說。

　　「那都沒有人和我玩！」弟弟抱屈[6]說。

　　「你已經五歲多，再過幾天就要上小學了，哪能一天到晚玩？」

　　「我可以帶著小狗上學。」

　　「帶小狗，老師會罵的。」

　　「你不是很早就要一支電槍[7]嗎？買一支電槍給你好不好？」爸聰明地說。

　　弟弟沒話說了，他沉默地坐在藤椅上，眼眶裡滾滾地含著淚水。

　　電槍沒有給弟弟帶來快樂。自從小狗送走以後，弟弟像害了相思病[8]，無時不想念他的小狗，他常常獨自在狗窩邊徘徊[9]，晚上作夢醒來，叫著要他的小狗。

---

6 抱屈：受委屈而感到不平。

7 電槍：一種玩具槍。

8 相思病：因思念過度，導致情緒不穩而生病憔悴的情狀。

9 徘徊：音ㄆㄞˊ ㄏㄨㄞˊ，來回走動、流連的樣子。

　　有一天，媽坐在縫紉機[10]邊織毛衣，我躺在藤椅上看報，媽偶爾和我談起在大陸上的哥哥，她的神情有些難過。弟弟在地板上滾來滾去地和來茜逗著玩，累了，仰臥在地板上，來茜伏在他的胸前。

　　「媽，你上次說來茜要再生小狗，是什麼時候？」這句話，他不知問過多少次了。

　　「再過三個月。」

　　「三個月是多少天？」

　　「一百天。」

　　「現在過了幾天了？」

　　「你自己算吧！」弟弟點著小手算了半天，然後撫摸著來茜的耳朵說：「每天餵你好東西吃，你要快生呀！」來茜好像懂得他的話似的，不住地用舌頭舐[11]著弟弟的鼻尖。

　　「可憐的來茜，你的孩子在哪裡？你想牠們嗎？」來茜的頭垂得更低了，眼睛憂怨地望著弟弟。

　　「媽，來茜在想牠的孩子，你看牠在流眼淚。」弟弟把來茜拖到媽身邊，扯著媽的手要她看。

　　媽輕輕放下了毛線，看著弟弟好一會，把他抱在懷裡，她想要說什麼，可是她的眼圈紅了，悄悄把頭轉了

---

10 縫紉機：用以剪裁、縫合、補綴衣服的機器。紉，音ㄖㄣˋ。
11 舐：音ㄕˋ，用舌頭舔東西。

過去……

▶認識名家

　　王尚義（1936～1963年），河南汜（ㄙ）水人。畢業於臺灣大學醫學系，畢業不久，就因為肝癌而進入臺大醫院，英年早逝。雖然生命如此短暫，但是他的赤子情懷與才氣，卻透過創作的小說、散文、論述、新詩等作品，保留了生命的光與熱。

　　在時代巨大的變動中，少年的王尚義期待改變世界。妹妹王尚勤描述他：「尚義顯然不只屬於臺灣的，他的眼睛是往中國、往第三世界、往整個人類看的。」道出王尚義具有深邃的思想與學養，是格局寬闊的青年人。他的文字乍看之下覺得輕描淡寫，情感卻極為深刻。逝世後，留下近數十萬字的作品，親友透過「水牛出版社」為他出版作品集，有《狂流》、《深谷足音》、《落霞與孤鶩》、《荒野流泉》、《從異鄉人到失落的一代》、《野鴿子的黃昏》、《野百合花》等。

▶題解

　　本文出自《深谷足音》。敘述作者家中的母狗生了小狗，叛逆的弟弟因此變得溫和、有愛心，但小狗大了以後，家人卻嫌棄小狗，將牠們送養，弟弟從此日夜盼望母狗再生小狗。在弟弟的想像中，母狗因為失去孩子而傷心，卻無意間對應到母親的心情，母親也想起了留在大陸的兒子。文章的情感層層深入，餘韻細膩動人。

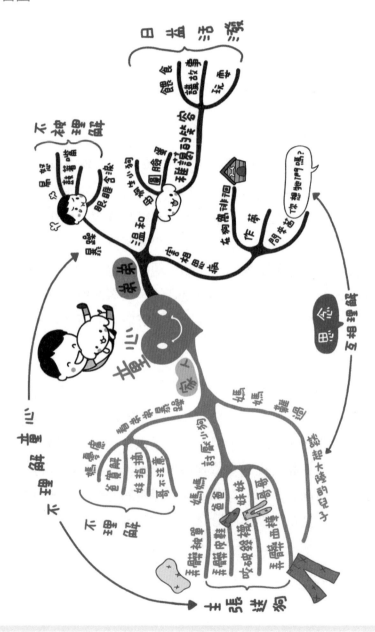

▶解讀心智圖：童心

　　童年的時光多麼天真，總是讓我們很容易就敏感起來，有時候會因為家人的一句安慰而開心，或因為無心的一句話而沮喪。童年時的脆弱，也使孩子容易受到外來的打擊，心靈蒙上了陰影。本文透過作者的弟弟失去小狗的經過，反映出孤獨、反叛、脆弱、依戀與真誠的童心。

　　光看故事的前四分之三，我們會以為這是一篇專談弟弟的文章，但更高明的是，看似表面寫弟弟失去小狗的失落心情，直到後文才揭示出作者想要表達的，是母親失去兒子的悲傷之情。故事一開始，弟弟的脾氣暴躁、易怒，然而家人始終無法理解他，不能溫柔理性地安慰弟弟，與他溝通，反而用指摘和排斥的態度對待他，作者更說自己「從來沒注意過弟弟」，可見弟弟在家中受到一定程度的忽略。家人不理解弟弟，他過得很孤單，但這種情況直到家中的母狗來茜生了四隻小狗後，終於有了改變。

　　文章的發展，有兩個重要的轉折：一是來茜生了四隻小狗後，二是小狗被家人送走了之後。弟弟本來是脾氣暴躁、易怒的孩子，但是來茜生了幾隻小狗後，他的情緒突然有了很大的轉變，變得溫和而且充滿笑容。很顯然地，新生命的喜悅讓弟弟感受到不一樣的溫暖，他把所有關注的目光通通放在小狗身上。於是，不管是白天，或者是冰冷的晚上，他總是想盡辦法陪伴在小狗身邊，給牠們溫暖，同時也從牠們身上獲得溫暖。全家人都觀察到弟弟的變化，卻沒有心去理解原因，他們不知道這都來自於弟弟與小狗間情感的交流。

　　孤單的弟弟，有一顆不被理解的心，這顆心在與小狗的互動中得到療癒。故事發展到中段後，有了另一個轉折：小狗們一天天長大，

開始調皮搗蛋了，牠們弄髒被單、皮鞋、西褲，還把妹妹的絲襪咬破了，所有人都覺得自己的利益受損，於是紛紛主張把小狗送走。弟弟雖然有千百個不願意，最後仍不敵眾意，只好讓小狗被送走。從此以後，好不容易得到溫暖的童心，再度失落了，弟弟不僅時常在狗窩附近徘徊，還期盼母狗能再生下新的小狗，好和他做新朋友。作者將弟弟的癡心與孤寂、痛苦，描摹得入木三分，令人動容。

有一天，媽媽無意間和作者談起滯留在大陸的兒子，媽媽的「神情有些難過」。母親遺失了心愛的兒子，應該是內心永遠的痛吧！這時，文章插入了一段弟弟的童言童語。弟弟對來茜說：「你孩子在哪裡？你想牠們嗎？」又對母親說：「媽，來茜在想牠的孩子，你看牠在流眼淚。」孩子無心的言語，卻是再真實也不過的情感流露，於是媽媽將他抱在懷裡，眼眶紅了，因為媽媽也念著大陸的兒子，不知有沒有回家的一天。

原本家人與弟弟之間互不理解，到了結尾，忽然藉著「思念」，有了情感的共鳴。弟弟對小狗的思念和母親對兒子的思念，連結了彼此的心，童心的真誠，也感動了每一位讀者。這樣一篇精巧的文章，透過孩子的童言童語，表面上寫人、狗之間的情懷，實際上要表露的，卻是母親失去兒子的悲傷。狗與人同為大自然的一份子，狗的生命遭遇似乎也影射著主人的生命遭遇。王尚義運用高妙的婉曲寫法，為我們呈現的是最珍貴的「童心」。

▶修辭散步

1. 誇飾：用誇張的筆法將事物的特點描寫出來。如：「眼眶裡滾滾地含著淚水」。

2. 排比：如：「他餵牠們吃稀飯，給牠們講故事，抱著牠們到處玩」、

「媽的新被單被小狗印了一條泥印，妹妹的玻璃絲襪被咬了一個洞，爸的一隻皮鞋被拖在臭水溝裡，而我新洗的西褲有一次被小狗弄髒」（排比＋對比）。

3. 譬喻：用具體的事物來形容另一抽象的事物，喻詞有「像」、「好像」、「似」等。如：「弟弟像害了相思病，無時不想念他的小狗」、「來茜好像懂得他的話似的，不住地用舌頭舐著弟弟的鼻尖」等。

4. 擬人：用人的特性形容「不是人」的物，比如日、月、山、水、動植物等，使物具有人的個性。如：「來茜的頭垂得更低了，眼睛憂怨地望著弟弟」、「來茜在想牠的孩子，你看牠在流眼淚」等。

不知從什麼時候起，弟弟的脾氣開始變得暴躁、易怒。

後來家中的母狗生了四隻小狗娃，使弟弟變得溫和而活潑。

但是小狗們會破壞東西，全家人決定將牠們送走。

弟弟無時不想念他的小狗，媽媽也想起了在大陸的哥哥。

▶文學遊戲場

一、閱讀素養

（　　）1. 作者的家人想將小狗送人，是出於怎樣的想法？

　　　　(A) 弟弟因爲叛逆、難教養，家人送養小狗作爲懲罰。

　　　　(B) 家人不了解小狗對弟弟的重要性，輕率地送養。

　　　　(C) 小狗破壞家中物品，造成髒亂，成爲家人的負擔。

　　　　(D) 家中太擁擠，只好將小狗們送人。

（　　）2. 文末最後，母親抱著弟弟，「眼圈紅了，悄悄把頭轉了過去」，意思爲何？

　　　　(A) 母親心疼母狗失去小狗，感到難過。

　　　　(B) 弟弟失去小狗後，很不快樂，使母親非常擔心。

　　　　(C) 弟弟想像母狗會思念小狗，使母親觸景傷情，思念大陸的兒子。

　　　　(D) 母親見弟弟太思念小狗，因而不忍。

二、向大師學寫作

作文題目：

　　在生命中，總會遇到某些帶給我們感動的人，他們有的對我們付出關懷，有的給予我們照顧，有的則帶來啓示，幫助我們成長。然而因爲一些「原因」，他離開了我們，成爲令人深深思念的人。想一想，你最思念的人是誰？你們爲什麼分離？過去有什麼事發生，使你對他念念不忘？請以「我最思念的人」爲題，寫一篇記敘、抒情兼具的文章。

作文提示：

　　審題：作文要緊扣「思念」的主題來發揮，寫作的對象不限於和你親近的同學、師長、親友，即使是不熟的人，只要他的一言一行曾與你的生命交集，對你產生了影響，就可以當作主角。開頭：用回憶法，追述過去的事情或觸發情感，帶讀者走入時光隧道，重現當時的情境。經過：運用寫人法，透過他的言行塑造形象，敘述他對你產生的影響，並交代為什麼分離，記得描述你遇到的困境和阻力。結尾：以餘韻法，道出你對他的思念，也感謝他帶來了美好的事物，留下耐人尋味的餘韻。

三、心智圖練習

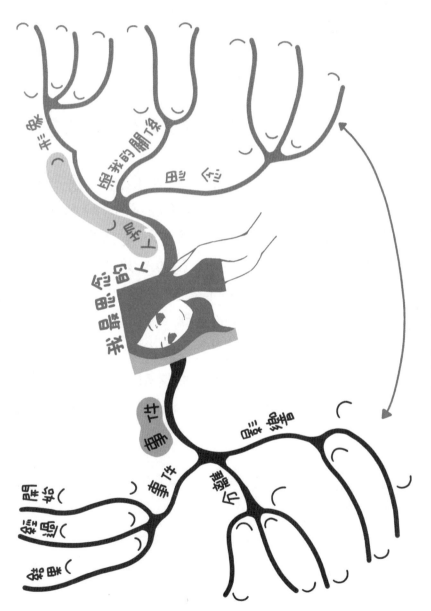

提示：根據寫作焦點來大分類，能不能再往下細分？

名篇選讀

3. 美麗的姑娘 / 盧隱

▶經典原文

　　他捧著女王的花冠，向人間尋覓[1]你——美麗的姑娘！

　　他如深夜被約的情郎，悄悄躲在雲幔[2]之後，覷[3]視著堂前[4]的華燭高燒、歡宴將散。紅莓似的醉顏，朗星般的雙眸[5]，左右流盼[6]。但是，那些都是傷害青春的女魔，不是他所要尋覓的你——美麗的姑娘！

　　他如一個流浪的歌者，手拿銅鈸鐵板[7]，來到三街六巷，慢慢地唱著醉人心魄的曲調，那正是他的詭計，他想利用這迷醉的歌聲尋覓你。他從早唱到夜，驚動了多少嬌媚的女郎。她們如中了邪魔般，將他圍困在街心，但是那些都是粉飾[8]青春的野薔薇[9]，不是他所尋覓

1　尋覓：尋找、探求。覓，音ㄇㄧˋ。

2　幔：音ㄇㄢˋ，布幕、帳幕。

3　覷：音ㄑㄩˋ，窺伺、偷看。

4　堂前：正房前面。

5　朗星般的雙眸：目若朗星，眼睛如星星一樣地明亮，形容人的眼睛有神。

6　流盼：眼睛轉動的樣子。

7　銅鈸鐵板：應為「銅琶鐵板」。銅琶（音ㄆㄚˊ）、鐵板為伴奏激昂歌曲的樂器。

8　粉飾：只是裝飾用，不切實際。

9　野薔薇：植物名，又稱「野客」。在這裡是「過客」的意思。

的你——美麗的姑娘！

　　他如一個隱姓埋名的俠客，他披著白羽織成的英雄氅[10]，腰間掛著莫邪寶劍[11]；他騎著嘶風嚙[12]雪的神駒[13]，在一天的黃昏裡，來到古道荒林。四壁的山色青青，曲折的流泉衝擊著沙石，發出悲壯的音韻，茅屋上縈繞[14]著淡淡的炊煙和行雲[15]。他立馬於萬山巔。突然看見你獨立於群山前——披著紅色的青衫，散著滿頭發光的絲髮，注視著遙遠的青天。噢！你象徵了神祕的宇宙，你美化了人間——美麗的姑娘！

　　他將女王的花冠扯碎了，他將腰間的寶劍，劃開胸膛，他掏出赤血淋漓[16]的心，拜獻於你的足前。只有這寶貴的禮物，可以獻納。支配宇宙的女神，我所要尋覓的你——美麗的姑娘！

　　那女王的花冠，它永遠被丟棄於人間！

▶認識名家

　　盧隱（1898～1934年），原名黃淑儀，又名黃英，福建閩侯

---

10 氅：音ㄔㄤˇ，用鳥毛編織成的大衣、外衣。
11 莫邪寶劍：莫邪，人名，干將的妻子。根據神話傳說，她為了幫助丈夫鑄劍而犧牲性命。莫邪寶劍，相傳吳王闔廬命令干將鑄劍，雌劍命名為莫邪，雄劍為干將。
12 嚙：音ㄋㄧㄝˋ，「齧」的異體字，啃、咬。
13 駒：音ㄐㄩ，良馬、駿馬。
14 縈繞：纏繞、環繞。
15 行雲：流動的雲。
16 赤血淋漓：沾滿鮮血的樣子。

人。1925年出版第一本小說集《海濱故人》，創作之路由此展開，然而母親、丈夫郭夢良、哥哥和好友石評梅[17]，先後逝世，遭逢生離死別，使她的作品瀰漫了哀傷的情調。之後盧隱為亡夫寫了〈雷鋒塔下〉，以哀婉美麗的情節，描述與已故戀人在雷峰塔下的戀情，感人至深，受到茅盾[18]的高度評價。

　　1930年，盧隱與詩人李唯建結婚，婚後在日本居住，出版了兩人的通信《雲歐情書集》，與《東京小品》。四年後，盧隱不幸在上海因難產逝世，享年三十六歲。她的創作風格直爽坦率、哀婉纏綿兼具，與冰心、林徽因齊名，為「福州三大才女」，在「五四」時期深受文壇的矚目。作品有《海濱故人》、《曼麗》、《歸雁》、《象牙戒指》、《玫瑰的刺》、《女人的心》、《盧隱自傳》、《盧隱選集》等。

▶題解

　　本文出自《華嚴月刊》。藉著豐富的象徵、比喻，描述一個男子尋覓意中人──美麗的姑娘的過程。雖然男子的生命中出現過不少嬌媚的女郎，但他始終知道自己愛的是什麼，最後，更以自己的真心贏得了美人心。文章的情節宛如神話一般，唯美的語言充滿著詩意，表現作者對堅貞愛情的嚮往與頌讚。

---

[17] 石評梅：（1902～1928年）中國現代女作家，原名石汝璧。
[18] 茅盾：（1896～1981年）中國現代作家及文學評論家，原名沈德鴻，字雁冰。

▶心智圖

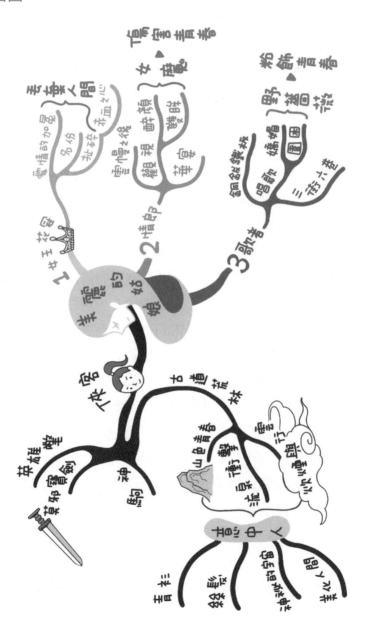

▶解讀心智圖：美麗的姑娘

　　盧隱畢業自北京女子高等師範大學國文系，她的作品往往帶有濃厚的中國舊小說、舊詩詞的風格，她也喜歡選用古典文學中常用的意象，來烘托、表達人物心理，例如垂柳、孤月、苦茶、棠梨、疏星淡月等。好比這篇散文〈美麗的姑娘〉，就運用了多種意象，開篇的第一句「女王的花冠」，代表的就是俗世愛情的加冕，象徵對愛人的讚美與名份。

　　男主角是「情郎」，正是盧隱心目中的「白馬王子」，他躲在「雲幔」之後窺探著堂前的一切。「雲幔」象徵了神祕感和距離，代表情郎對愛情小心翼翼的態度，以及對真愛的朦朧窺探。眼前的「華燭」，儘管照耀著堂前明眸、紅嫩的少女，但是喧擾的「華宴」，卻只襯托出塵世的俗氣，原來少女只不過是個庸脂俗粉，她是浪費青春的「女魔」，不值得他多做停留。在這種地方，當然找不到情郎心目中真正「美麗的姑娘」，因為他尋找的不僅是外表的美麗，也是內在的美麗：有外在的清新脫俗，也有內在的靈氣逼人。

　　追尋愛情是如此艱難，但是情郎仍舊義無反顧地繼續尋覓。他選擇走了出去，轉而來到「三街六巷」，深入塵世人間，如流浪的歌者在大街小巷唱著動人的歌，希望能用美妙的歌聲吸引「美麗的姑娘」。情郎的歌聲果然吸引了眾多「嬌媚的女郎」，她們把他圍在街心，只可惜，男主角還是不屑一顧，因為他看出來，這些姑娘最終只是「粉飾青春的野薔薇」，她們外表動人，卻沒有美麗的靈魂，男人擁有她們，只能夠享受短暫的虛榮，這不是真愛，所以情郎還是放棄了她們。

　　情郎繼續尋覓愛情，既然在華宴、在街巷找不到「美麗的姑

娘」，那麼就從荒林裡找吧！總會有個脫俗的靈性女子等著他。這回，他像是一位俠客，威風凜凜地帶著寶劍，騎著神駒，披著華美的披風，來到更為荒僻的「古道荒林」，尋找他的姑娘。終於在一片群山萬壑前，發現了穿著青衫、清新脫俗的女子。作者將這個女子比喻為「神祕的宇宙」，她的美甚至可以「美化人間」，是驚心動魄的，不是一般庸脂俗粉可比。

　　當情郎找到「美麗的姑娘」後，他將原本打算獻給意中人的「女王的花冠」扯碎了，這舉措代表那些俗世的讚美與名份都是多餘的，情郎不想用任何俗世的事物，對意中人表達愛情。於是他「劃開胸膛」，「掏出赤血淋漓的心」，呈獻給美麗的姑娘，說明了只有真摯、火熱的心，才能夠配得上這樣的愛與這樣的姑娘。真愛在真誠的人面前，宛如一杯透明的酒，不需要任何點綴與美化，就能品嚐到她的芬芳與甘美。

　　盧隱的這篇作品，用一連串的意象反映了她對「真愛」的見解，既是描寫情愛，書寫對真愛的探索，同時也是在告訴我們：對真理的追尋，最終必須放下世俗，回頭觀照自己的內心，才能夠真正地獲得。

▶修辭散步

1. 譬喻：如：「他如深夜被約的情郎」、「紅莓似的醉顏，朗星般的雙眸」、「他如一個流浪的歌者」、「她們如中了邪魔般」、「他如一個隱姓埋名的俠客」等。

2. 象徵：借用有形具體的事物，來表現無形抽象的觀念、情感或看不見的事物。如：「傷害青春的女魔」（不適合的情人）、「粉飾青春的野薔薇」（情感的過客）、「神祕的宇宙」（美麗的姑

娘在男主角心中的地位）。

3. 倒反：將正話反說，如：「那正是他的詭計，他想利用這迷醉的歌聲
　　　尋覓你」（表面說「詭計」，實際上指男主角的浪漫追求）。

4. 感官描寫：將身體對事物的各種感受，用文字加以形容描寫，有視、
　　　聽、嗅、味、觸等感官摹寫手法。如：「四壁的山色青
　　　青，曲折的流泉衝擊著沙石，發出悲壯的音韻，茅屋上縈
　　　繞著淡淡的炊煙和行雲」（視覺＋聽覺）。

5. 誇飾：如：「他將腰間的寶劍，劃開胸膛，他掏出赤血淋漓的心，拜
　　　獻於你的足前」（誇大地表現男主角對愛情的真誠，類似俗
　　　話：「掏心挖肺」）。

他捧著女王的花冠，向人間尋覓妳—美麗的姑娘！

那些都是傷害青春的女魔，不是他所要尋覓的妳。

他從早唱到夜，驚動了多少嬌媚的女郎，但是那些都不是妳。

他將女王的花冠扯碎了，掏出赤血淋漓的心，拜獻於妳。

▶文學遊戲場

一、閱讀素養

（　　）1. 本文作者主要是在讚美什麼？

        (A) 讚美姑娘的美貌世間少有。

        (B) 讚美男主角的多情與多才多藝。

        (C) 讚美男主角對愛情理想的執著。

        (D) 讚美情侶經歷許多波折才是真愛。

（　　）2. 以下何者不是本文所使用的意象？

        (A) 女王的花冠，象徵俗世愛情的加冕。

        (B) 傷害青春的女魔，形容害人的女妖。

        (C) 青春的野薔薇，形容庸脂俗粉的女性。

        (D) 神祕的宇宙，象徵美麗的姑娘。

二、向大師學寫作

作文題目：

    每個人的內心都是渴求被愛的，正如花朵需要陽光的照射，愛情是最美的，但有時戀愛是辛苦的，因為在愛情中，認識一個人的內心，才算是真正認識他。在愛情中，也會面對許多挫折。你是否曾經戀愛過？或是戀愛時遇過讓你感覺甜美、心碎、煎熬的事？請以「關於愛情」為題，寫出戀愛時的心情和你的戀愛觀。

作文提示：

　　審題：文章要包含兩個部分，第一是個人戀愛的經驗，第二是戀愛時遇到的各種狀況，不論是美好或痛苦，都是書寫的範圍。開頭：採用破題法，先用比喻的方式形容和定義「愛情」，例如，愛情就像一片透明的玻璃，需要小心地呵護、用心經營，才能保持光亮與美麗。經過：可在此說兩三個小故事為例，但是正、反面的事例要兼具，並書寫你從甜美或心碎的感受中獲得了什麼體悟。結尾：從以上各段總結出你的「愛情觀」，並說明愛情帶來的生命的成長。

三、心智圖練習

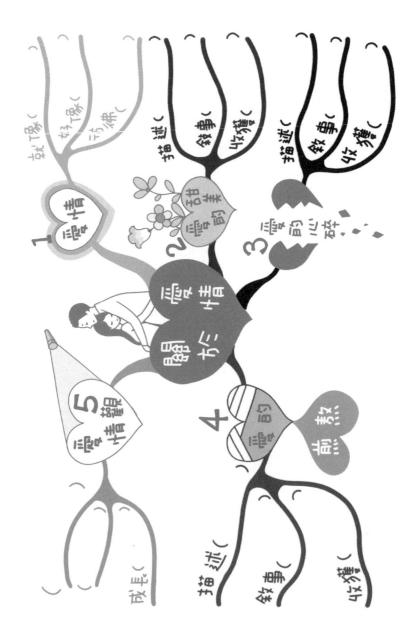

提示：以愛情歷程的各種階段分類，每個階段都有小故事。

PART 2
思考力好好玩
敘事論理

觀念大聲說

▶什麼是敘事、論理？

　　敘事是有條理地敘述事情發生的經過，論理就是議論，在文章中表達我們對人、事、物的看法，或批評別人的論點、說服他人。我們可以將兩者同時運用，藉著敘事來論理，這樣的議論文就會變得很活潑，只要舉例時用「說故事」的方式，再針對例子說明心得或啟示，加上一些修辭，就會讓文章變得比較軟性，更有吸引力。

議論文的結構

段　　落	一	二	三	四
	開頭	中段	中段	結尾
內　　容	提出論點	運用事例	進行論證	做出結論

▶議論有幾種方法？

　　議論文能表達你對人、事、物的看法。在論人方面，可以品評名人、偉人，或是生活中出現的人物，談論他們的言行對你的影響，如「我的母親」。論事方面，著重寫出生活經驗，提出立場、看法、主張和建議，如「我對體罰的看法」。

　　論物方面，雖然是探討具體的「物」，但更要挖掘出物的深層意義，寫出抽象的內在，並且評論它的利弊得失。比如寫「鏡子」就要探討自省的能力，寫「泥土」則注意泥土象徵人們的寄託，這樣才能表現思考深度。

　　以下將議論文分為夾敘夾議、演繹歸納、前因後果、對等並重、對立相反五種：

1.夾敘夾議

　　「敘」是敘述具體的例子，「議」是議論看法和主張，把事實和議論成功地結合起來，就能夠彼此輔助，讓文章更有說服力。有「先敘後議」和「先議後敘」兩種。

　　先敘後議以敘述實例為主，先把例子分成幾個相關但獨立的小例子，每當敘述完一個例子，就在後面插入議論，就像漢堡。先議後敘則是先針

先敘後議

對主題，把議論依照程度的不同，分成幾個層次，再把幾個例子穿插在議論之間，像連接火車的車廂。

先議後敘

2.演繹歸納

　　演繹是先綜合論點以後，再舉例子分析。方法是以一個論點或想法當作基礎，再舉出各種事實或現象深入分析，對這些資料下判斷，證明你的論點或想法是正確的，最後下結論。又叫做「先總後分」法，如「駁逆境可以成材」：

（總）人不一定在逆境才能成材→（分）莫札特的幾個事例→結論

　　歸納則是先分析事證後，再綜合出結論。方法是先找出幾個事實當例子，一一加以分析與觀察，找出它們的共同點，進而推出論點，最後再歸納成結論，又叫「先分後總」法，如「改變不良的習慣」：

（分）幾則托爾斯泰的自我反省→（總）改掉不良習慣的重要→結論

3.前因後果

　　什麼是因果關係？牛頓提出的「第三運動定律」說：當宇宙有一力施出時（作用力），必有一力回復（反作用力）。套用到生活上，好比你從小到大都很用功（因），現在如願考上第一志願（果）。

　　雞生蛋，蛋又生雞，凡事都有前因後果，這就是因果關係。「因」和「果」就像連體嬰一樣，結伴而來，所以有因就有果，沒有因就沒有果。有些題目本身就包含了因果關係，特色是具有兩個主題，各代表因和果，如「付出與收穫」：

因　　　　　　　　　　　果

4.對等並重

　　題目的結構，由兩個或三個主題所組成，每個主題的地位都同樣重要，彼此並不對立。寫作時，分清楚各個主題的關係，每個主題都要分開來論述或舉例，如果少寫了其中一個，這篇作文就不算完整。

　　兩項並重的例如「學問與道德」，學問、道德兩者都重要，追求學問也不能忽略修養品德。

　　兩項偏重，是指將題目的兩個主題分出輕重，如「做人與做事」，「做人」可以略重於「做事」，因為做人關係到人的品德和處世態度，而且只會做事而不會做人，就無法與他人合作，所以「做人」更需要被重視。

　　三項並重的主題共有三個，如果將每個主題都分析，會耗掉許多時間，最快的方法就是先找出主題彼此的關係，找出一個共同點，再從這個點來論述。如「請，謝謝，對不起」的共同點是個「禮」字，就從「禮」來分別談。

禮（共同點）

請　　　　謝謝　　　　對不起

5.對立相反

　　這類題目也是兩項式，但兩個主題的意義相反，彼此排斥，互相對立，就像平常寫是非題，把兩個主題分出對、錯就好，可突顯事物的一體兩面。如「天使與魔鬼」，人性中包含了「天使」與「魔鬼」

兩個面相，人性是複雜的，天使是良知，魔鬼則使人犯錯，要讓自己有天使般的良知，才是正確的選擇。

名篇選讀

1.戰士和蒼蠅 / 魯迅

▶經典原文

　　Schopenhauer[1]說過這樣的話：要估定[2]人的偉大，則精神上的大和體格上的大，那法則[3]完全相反。後者距離愈遠即愈小，前者卻見得愈大。

　　正因爲近則愈小，而且愈看見缺點和創傷，所以他就和我們一樣，不是神道[4]，不是妖怪，不是異獸。他仍然是人，不過如此。但也惟其如此，所以他是偉大的人。

　　戰士戰死了的時候，蒼蠅們所首先發見[5]的是他的缺點和傷痕，嘬[6]著，營營[7]地叫著以爲得意，以爲比死

1　Schopenhauer：即叔本華（1788～1860年），德國哲學家，提倡意志哲學。認為生活意志為宇宙的本體，由此意志以生欲望，則欲望永不得滿足，故苦痛亦無終了時，世稱「厭世主義」。文中所引述的話，出自他的〈比喻・隱喻和寓言〉一文。
2　估定：評定、推算。
3　法則：可當作標準的法治和規則。
4　神道：神明。
5　發見：見，同「現」，音ㄒㄧㄢˋ。發見就是「發現」。
6　嘬：音ㄔㄨㄞˋ，叮咬。
7　營營：奔求追逐的意思，也用來形容蒼蠅飛的聲音，暗指「汲汲營營」，形容人急切求取名利的樣子。

了的戰士更英雄。但是戰士已經戰死了，不再來揮去他們。於是乎蒼蠅們即更其營營地叫，自以為倒是不朽[8]的聲音，因為牠們的完全，遠在戰士之上。

的確的，誰也沒有發見過蒼蠅們的缺點和創傷。

然而，有缺點的戰士終竟[9]是戰士，完美的蒼蠅也終竟不過是蒼蠅。

去罷，蒼蠅們！雖然生著翅子[10]，還能營營，總不會超過戰士的。你們這些蟲豸[11]們！

▶認識名家

周樹人（1881～1936年），原名周樟壽，筆名魯迅，字豫山、豫亭，後改名豫才。20世紀重要的作家、新文化運動領導人、思想家，作品對「五四」運動後的中國文學，產生深刻的影響。他曾於日本仙台醫學專門學校學習現代醫學，受到一部日俄戰爭的紀錄片裡，中國人圍觀日軍殺害中國人情節的刺激，認為「救國救民須先救思想」，於是棄醫從文，希望用文學改造中國人的劣根性。

魯迅以小說創作崛起。1918年，首次用「魯迅」發表中國現代第一篇白話小說《狂人日記》，1921年再發表中篇小說《阿Q正傳》，是不朽傑作。創作題材廣泛，形式多樣，包含小說、雜文、散文、詩歌等。小說以刻畫底層百姓的生活為主，用白描刻畫人物，

---

8 不朽：永不磨滅。朽，音ㄒㄧㄡˇ。

9 終竟：終究。

10 翅子：北方方言，翅膀。

11 蟲豸：本為昆蟲的通稱，這裡用以作為罵人的話。豸，音ㄓˋ。

挖掘微妙的心理變化，表現一般人思想的愚昧和生活的艱辛；散文風格冷峻清晰，展現犀利的思辨力。作品有《吶喊》、《彷徨》、《墳》、《野草》；散文集《朝花夕拾》；雜文集《熱風》、《華蓋集》、《華蓋集續編》等。

▶題解

　　〈戰士和蒼蠅〉是魯迅於1925年寫的一篇雜文。文章先揭示了「缺點和創傷，並不影響戰士」的中心思想，而後再以「蒼蠅」為喻，揭露當時軍閥們卑劣的本質。文中以戰士和蒼蠅對比，前者為國奮鬥乃至以身殉國，後者是那些攻擊戰士的軍閥，形成鮮明對比，表達了魯迅對革命烈士的讚頌、對軍閥的鄙夷之情。語言簡潔明快，比喻巧妙，是一篇哲理深刻的議論文。

▶解讀心智圖：戰士和蒼蠅

　　魯迅在1925年4月3日發表了〈這是這麼一個意思〉文章，說明了撰寫此文的動機。他說：「所謂戰士者，是指（孫）中山先生，和民國元年前後殉國，而反受奴才們譏笑糟蹋的先烈；蒼蠅則當然是指奴才們。」他以戰士和蒼蠅，分別比喻以身殉國的革命先烈和攻擊他們的軍閥，表達了他對革命先烈的讚頌，也諷刺了那些軍閥卑鄙的言行。

　　文章首先引用了德國哲學家叔本華（Schopenhauer）的名言，說明偉大的人物有缺點和創傷並不稀奇，因為他們不是聖人，也不是完人，他們跟我們一樣只是個凡人，不是什麼「神道、妖怪、異獸」。在普通人身上有「精神上的大」，更能彰顯偉人的不凡。如果是天生聖人，那麼他的偉大就不特別了，但是一個普通人的偉大，卻相當

▶心智圖

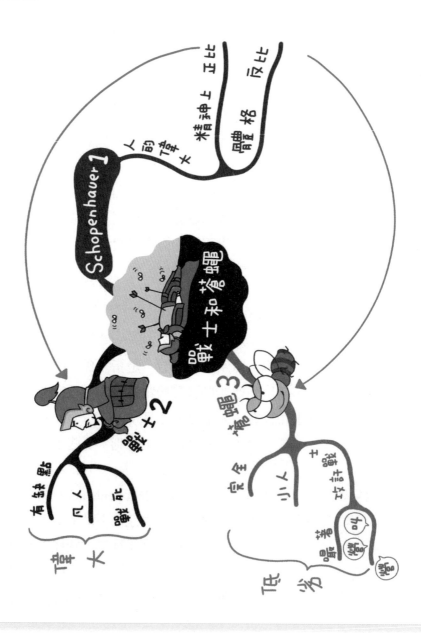

難能可貴。魯迅反對把偉大的人物給神化，反對造神，他認為偉大的「戰士」只是平凡人，所以不可避免會有一些「缺點」，這對他們的「偉大」並沒有影響。

接著，作者用「戰士和蒼蠅」的比喻，具體地對照偉大的革命戰士和醜陋的軍閥。這些軍閥就像嗜血的蒼蠅一般，見不得人好，他們利用革命先烈的一些缺點、錯誤，就大加撻伐、攻擊，企圖將戰士的光輝給抹煞掉，好達到醜化革命行動的目的。軍閥們的醜態就好比蒼蠅，當戰士們戰死在沙場上時，蒼蠅「首先發見的是他的缺點和傷痕，嗽著，營營地叫著以為得意」，忽視戰士的功勞；他們想喧賓奪主、搶功勞，冒充英雄。「蒼蠅」營私利己，本性醜陋不堪，沒有自知之明，也看不見自己的醜。

因此，作者諷刺軍閥們：「的確的，誰也沒有發見過蒼蠅們的缺點和創傷。」運用倒反法說反話，表面說蒼蠅們很完美，實際上諷刺他們。接著，又一針見血地指出：「有缺點的戰士終竟是戰士，完美的蒼蠅也終竟不過是蒼蠅。」因為戰士的本質是偉大的，有缺點但瑕不掩瑜；而蒼蠅的本質是醜陋的，再完美的蒼蠅還是蒼蠅，永遠都做不了戰士。醜陋的軍閥仍舊是軍閥，永遠當不了英雄，只能冒充英雄，但終究會給人看穿。最後，魯迅以戰士的口吻，揮去蒼蠅的姿態，對軍閥（蒼蠅）大聲喝斥、驅趕，結束了全文，讀起來痛快淋漓。

魯迅對於當時的政治時局有感而發，透過文章揭示了一個真理：像孫中山先生這樣的革命戰士和攻訐革命者的軍閥們，兩者不能相提並論，軍閥的誹謗傷害不了革命戰士的偉大人格。文章中沒有抽象的說教，也沒有潑婦罵街式的直白，採用的是比喻、象徵和擬人的

寫法，以嘻笑怒罵的方式、風趣幽默的語言，來表達對蒼蠅（軍閥）的憎惡，間接地襯托出戰士（革命者）的高貴品質。在結尾又故意直接斥喝那些「蒼蠅」，既幽默又辛辣，達到很好的藝術效果。文章層次分明，內容耐人尋味。

▶修辭散步

1. 引用：引用別人的話或典故、俗語等，利用一般人崇拜權威及對大眾意見的遵從，加強自己言論的說服力。如：「Schopenhauer說過這樣的話：要估定人的偉大，則精神上的大和體格上的大，那法則完全相反。」

2. 排比：如：「不是神道，不是妖怪，不是異獸。」「有缺點的戰士終竟是戰士，完美的蒼蠅也終竟不過是蒼蠅。」等。

3. 象徵：如：「戰士」象徵革命者、烈士，「蒼蠅」、「蟲豸」象徵軍閥。

4. 摹聲：用狀聲詞，把耳朵聽到的聲音描繪出來。如：「營營地」（蒼蠅飛行的聲音）。

5. 雙關：一語同時關顧到兩種事物，或兼含兩種意義的修辭方法。如：「營營」可形容蒼蠅飛的聲音，在又是形容人「汲汲營營」的意思。

6. 呼告：對不在現場的人或物直接呼喚，並跟他（它）說話。如：「去罷，蒼蠅們！」「你們這些蟲豸們！」

戰士就和我們一樣，有缺點和創傷，所以是偉大的人。

戰士戰死了，蒼蠅們首先發現的是他的缺點和傷痕。

蒼蠅們營營地叫著以為得意，以為比死了的戰士更英雄。

有缺點的戰士終究是戰士，完美的蒼蠅終究是蒼蠅。

▶文學遊戲場

一、閱讀素養

（　　）1. 作者撰寫此文，主要反對的是什麼？

(A) 反對蒼蠅不尊重戰士的屍體。

(B) 反對造神，不願將偉大的戰士給神話。

(C) 反對軍閥嗜血無情地攻訐革命者。

(D) 反對蒼蠅死皮賴臉，怎麼趕都趕不走。

（　　）2. 以下句子所使用的修辭何者有誤？

(A) 有缺點的戰士終竟是戰士，完美的蒼蠅也終竟不過是蒼蠅。（排比）

(B) 營營地叫著以為得意。（摹聲）

(C) Schopenhauer說過這樣的話：要估定人的偉大，則精神上的大和體格上的大，那法則完全相反。（引用）

(D) 去罷，蒼蠅們！你們這些蟲豸們！（感嘆）

二、向大師學寫作

作文題目：

　　不論我們願不願意，生活在這個世上，每個人都難免遭遇偏見，每個人也都有可能成為製造偏見的人，難怪有人說，偏見其實是人類與生俱來的一種本性。偏見會導致社會的紊亂，使人我之間產生衝突，我們又該如何以「關愛」來取代「偏見」？對此，你有什麼想法或見解？請以個人生活經驗為主，寫一篇題目為「偏見與關愛」的文章。

作文提示：

　　審題：「偏見與關愛」和「戰士和蒼蠅」都是對立關係的題目，首先要將題目理解為「要消除偏見，勇於關愛他人」，作為文章的主旨。開頭：引用名言，再用列舉法，敘述世上幾種普遍的偏見，比如男性對女性的偏見、大人對小孩的偏見等，說明人人都有偏見，造成社會的紊亂與人我的不和諧。經過：運用正反法，先敘述自己對他人有偏見的故事，造成了什麼後果。之後再敘述自己轉變心態，而以關愛他人代替偏見，發生了意想不到的好處。結尾：用呼告法呼喚讀者，說出關愛他人的重要性，以達到勸勉、鼓舞的效果。

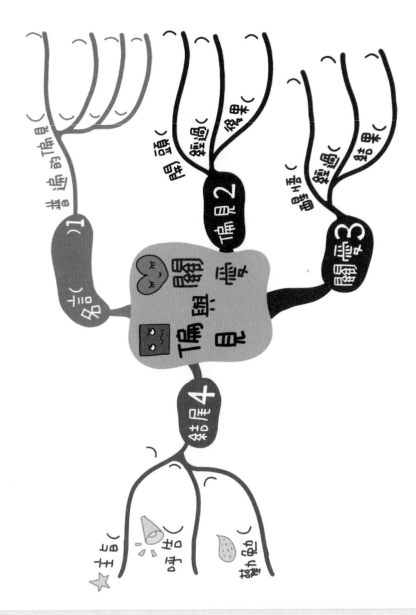

名篇選讀

2.餓 / 蕭紅

▶經典原文

　　「列巴圈」[1]掛在過道[2]別人的門上，過道好像還沒有天明，可是電燈已經熄了。夜間遺留下來睡朦朦的氣息充塞[3]在過道，茶房氣喘著，抹著地板。我不願醒得太早，可是已經醒了，同時再不能睡去。

　　廁所房的電燈仍開著，和夜間一般昏黃，好像黎明還沒有到來，可是「列巴圈」已經掛上別人家的門了！有的牛奶瓶也規規矩矩地等在別的房間外。只要一醒來，就可以隨便吃喝。但，這都只限於別人，是別人的事，與自己無關。

　　扭開了燈，郎華[4]睡在床上，他睡得很恬靜，連呼吸也不震動空氣一下。聽一聽過道連一個人也沒走動。全旅館的三層樓都在睡中，越這樣靜越引誘我，我的那種想頭[5]越堅決。過道尚沒有一點聲息，過道越靜越引

1　列巴圈：俄語的譯音，指麵包。
2　過道：房子與房子、牆壁與牆壁之間可通行的窄路。
3　充塞：塞滿。塞，音ㄙㄜˋ。
4　郎華：即蕭紅的丈夫蕭軍，蕭紅常在文中稱他「三郎」。
5　想頭：念頭。

59

誘我，我的那種想頭越想越充脹[6]我：去拿吧！正是時候，即使是偷，那就偷吧！

輕輕扭動鑰匙，門一點響動也沒有。探頭看了看，「列巴圈」對門就掛著，東隔壁也掛著，西隔壁也掛著。天快亮了！牛奶瓶的乳白色看得真真切切，「列巴圈」比每天也大了些，結果什麼也沒有去拿，我心裡發燒，耳朵也熱了一陣，立刻想到這是「偷」。

兒時的記憶再現出來，偷梨吃的孩子最羞恥。過了好久，我就貼在已關好的門扇上，大概我像一個沒有靈魂的、紙剪成的人貼在門扇。大概這樣吧：街車喚醒了我，馬蹄嗒嗒[7]、車輪吱吱地響過去。我抱緊胸膛，把頭也掛到胸口，向我自己心說：我餓呀！不是「偷」呀！

第二次也打開門，這次我決心了！偷就偷，雖然是幾個「列巴圈」，我也偷，為著我「餓」，為著他「餓」。

第二次失敗，那麼不去做第三次了。下了最後的決心，爬上床，關了燈，推一推郎華，他沒有醒，我怕他醒。在「偷」這一刻，郎華也是我的敵人；假若我有母親，母親也是敵人。

---

6 充脹：形容極為充滿。
7 嗒嗒：音ㄉㄚ，狀聲詞，馬蹄聲。

天亮了！人們醒了。做家庭教師，無錢吃飯也要去上課，並且要練武術。他喝了一杯茶走的，過道那些「列巴圈」早已不見，都讓別人吃了。

從昨夜到中午，四肢軟一點，肚子好像被踢打放了氣的皮球。

窗子在牆壁中央，天窗似的，我從窗口升了出去，赤裸裸，完全和日光接近；市街臨在我的腳下，直線的，錯綜著許多角度的樓房，大柱子一般工廠的煙囪，街道橫順交織著，禿光的街樹。白雲在天空做出各樣的曲線，高空的風吹亂我的頭髮，飄蕩我的衣襟。市街像一張繁繁雜雜顏色不清晰的地圖，掛在我們眼前。樓頂和樹梢都掛住一層稀薄的白霜，整個城市在陽光下閃閃爍爍撒了一層銀片。我的衣襟被風拍著作響，我冷了，我孤孤獨獨的好像站在無人的山頂。每家樓頂的白霜，一刻不是銀片了，而是些雪花、冰花，或是什麼更嚴寒的東西在吸我，像全身浴在冰水裡一般。

我披了棉被再出現到窗口，那不是全身，僅僅是頭和胸突[8]在窗口。一個女人站在一家藥店門口討錢，手下牽著孩子，衣襟裹著更小的孩子。藥店沒有人出來理她，過路人也不理她，都像說她有孩子不對，窮就不該

8　突：凸起，伸出。

有孩子，有也應該餓死。

　　我只能看到街路的半面，那女人大概向我的窗下走來，因為我聽見那孩子的哭聲很近。

　　「老爺，太太，可憐可憐……」可是看不見她在逐⁹誰，雖然是三層樓，也聽得這般清楚，她一定是跑得顛顛斷斷¹⁰地呼喘：「老爺老爺……可憐吧！」

　　那女人一定正像我，一定早飯還沒有吃，也許昨晚的也沒有吃。她在樓下急迫地來回的呼聲傳染了我，肚子立刻響起來，腸子不住地呼叫……

　　郎華仍不回來，我拿什麼來餵肚子呢？桌子可以吃嗎？草褥子¹¹可以吃嗎？

　　曬著陽光的行人道，來往的行人，小販乞丐……這一些看得我疲倦了！打著呵欠，從窗口爬下來。

　　窗子一關起來，立刻生滿了霜，過一刻，玻璃片就流著眼淚了！起初是一條條的，後來就大哭了！滿臉是淚，好像在行人道上討飯的母親的臉。

　　我坐在小屋，像餓在籠中的雞一般，只想合起眼睛來靜著，默著，但又不是睡。

　　「咯¹²，咯！」這是誰在打門！我快去開門，是三

9　逐：跟隨，追尋。這裡指四處尋找人討飯的模樣。

10　顛顛斷斷：快跑急衝時震盪的樣子。

11　草褥子：以草編成，睡覺時用來鋪墊的墊被。褥，音ㄖㄨˋ。

12　咯：音ㄍㄜ，狀聲詞，形容喉頭聲響、雞叫聲、笑聲等。

年前舊學校裡的圖畫先生。

　　他和從前一樣很喜歡說笑話，沒有改變，只是胖了一點，眼睛又小了一點。他隨便說，說得很多。他的女兒，那個穿紅花旗袍的小姑娘，又加了一件黑絨上衣，她在藤椅上，怪美麗的。但她有點不耐煩的樣子：「爸爸，我們走吧。」小姑娘哪裡懂得人生！小姑娘只知道美，哪裡懂得人生？

　　曹先生問：「你一個住在這裡嗎？」

　　「是──」我當時不曉得為什麼答應「是」，明明是和郎華同住，怎麼要說自己住呢？好像這幾年並沒有別開，我仍在那個學校讀書一樣。

　　他說：「還是一個人好，可以把整個的心身獻給藝術。你現在不喜歡畫，你喜歡文學，就把全心身獻給文學。只有忠心於藝術的心才不空虛，只有藝術才是美，才是真美情愛。這話很難說，若是為了性慾才愛，那麼就不如臨時解決，隨便可以找到一個，只要是異性。愛是愛，愛很不容易，那麼就不如愛藝術，比較不空虛⋯⋯」

　　「爸爸，走吧！」小姑娘哪裡懂得人生，只知道「美」，她看一看這屋子一點意思也沒有，床上只鋪一張草褥子。

　　「是，走──」曹先生又說，眼睛指著女兒：

「你看我，十三歲就結了婚。這不是嗎？曹雲都十五歲啦！」

「爸爸，我們走吧！」

他和幾年前一樣，總愛說「十三歲」就結了婚。差不多全校同學都知道曹先生是十三歲結婚的。

「爸爸，我們走吧！」

他把一張票子丟在桌上就走了！那是我寫信去要的。

郎華還沒有回來，我應該立刻想到餓，但我完全被青春迷惑了，讀書的時候，哪裡懂得「餓」？只曉得青春最重要，雖然現在我也並沒老，但總覺得青春是過去了！過去了！

我冥想了一個長時期，心浪和海水一般翻了一陣。

追逐實際吧！青春惟有自私的人才繫念她，「只有飢寒，沒有青春」。

幾天沒有去過的小飯館，又坐在那裡邊吃喝了。「很累了吧！腿可疼？道外道裡要有十五里路。」我問他。

只要有得吃，他也很滿足，我也很滿足。其餘什麼都忘了！

那個飯館，我已經習慣，還不等他坐下，我就搶個

地方先坐下，我也把菜的名字記得很熟，什麼辣椒白菜啦，雪裡紅豆腐啦……什麼醬魚啦！

用魚骨頭炒一點醬，借一點腥味就是啦！我很有把握，我簡直都不用算一算就知道這些菜也超不過一角錢。因此我用很大的聲音招呼，我不怕，我一點也不怕花錢。

回來沒有睡覺之前，我們一面喝著開水，一面說：「這回又餓不著了，又夠吃些日子。」

閉了燈，又滿足又安適地睡了一夜。

▶認識名家

蕭紅（1911～1942年），原名張廼（ㄋㄞˇ）瑩，筆名蕭紅、悄吟，黑龍江省呼蘭縣人，幼年喪母，繼母對她施以虐待，父親淡漠疏離，使她的心靈留下陰影。在哈爾濱就讀中學時，接觸了「五四」運動以來的進步思想和文學，之後更受到魯迅、茅盾和美國作家辛克萊作品的影響。

1934年，蕭紅與丈夫蕭軍移居青島觀象一路1號的兩層小樓，寫完了成名作《生死場》，魯迅稱讚其具有「女性作者的細緻的觀察和越軌的筆致」，並在魯迅的推薦下出版，蕭紅從此確立在現代文學史的地位。她的作品對鄉土與女性充滿關懷，語言溫順平和而略帶哀婉，書寫故鄉及摯愛時，詼諧、熱鬧、溫暖、華麗兼具；論及中國的民族性則辛辣諷刺。創作不受意識形態束縛，也不受文體技巧限制，更不受政治環境影響。作品有短篇及長篇小說、散文、詩歌，代表作為《生死場》、《呼蘭河傳》等。

▶題解

〈餓〉出自散文集《商市街》。1932年，松花江決堤，蕭軍帶著蕭紅逃出困境後，就住進旅館同居，因為沒有固定收入，二人只靠著蕭軍擔任家庭教師時的收入和借債勉強度日，但是他們患難與共，感情融洽，本文描述的就是當時艱困的情景。全文以飢餓時的心理感受貫串，字裡行間寄託了蕭紅對個人身世飄零的感嘆，也飽含面對黑暗現實的心境。

▶心智圖解讀：餓

三十一歲就逝世的蕭紅，一生頗多磨難，她從中學會了與貧窮、飢餓共處，所以這兩者就成為蕭紅散文最常見的題材。在她許多表現「餓」的作品中，本篇〈餓〉是最具代表性的一篇。文章以飢餓時獨特的心理感受貫串全文，在字裡行間，寄寓著蕭紅對個人身世飄零的感嘆，對青春歲月的留戀與追逐實際的感傷，同時，也飽含著對黑暗現實的無奈心境。

文章一開始，因為極度飢餓而「餓醒」的作者醒了過來，其時天還沒亮，卻再也睡不著了，一早起來等待食物時飢餓的感覺，促使她對掛在別人家門前的「列巴圈」，產生了渴望。作者細緻地描繪出想要偷「列巴圈」的心理掙扎，及種種反覆的折磨：她「心裡發燒、耳朵熱」，想到了羞恥心，也想蒙蔽良心地認定那不是「偷」，最後終究因為自尊而不偷了。儘管餓得「四肢軟、肚子像洩了氣的皮球」，她還是選擇被飢餓折磨下去。

在等待丈夫「郎華」（蕭軍）回家的百無聊賴中，作者暫時忽略了飢餓，她打開其他感官，聆聽街上傳來的聲音，看看街上的人事物。她看見一個帶小孩的女人在街上討錢，看見路人不理、窮人挨餓

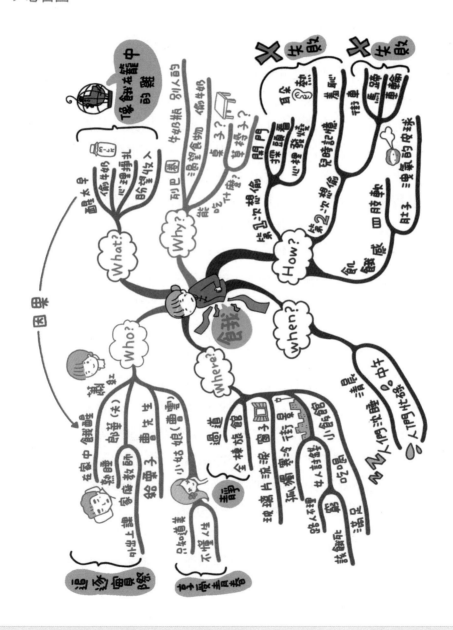

的景象，對應到她自身，引發出種種喟嘆。作者對個人身世飄零的感嘆，以及處於飢餓痛苦折磨的處境，絲毫未損她的同情心。在這裡，對街景、天氣的描繪，充滿寒冷與孤獨的氛圍，融情入景，情景交融，人與景似乎悲寒地互相對視，彼此相憐。

蕭紅寫「餓」，描寫的是「餓得只剩下虛無的存在感」，她想挖掘的，是最根本、也最貧乏的問題：吃飽還是挨餓？活著還是死掉？因此，在一連串的飢餓描寫過後，出現了「曹先生來訪」的情節，帶來了「票子」，這筆收入，為困境帶來了一線生機。但是她特別強調「那是我寫信去要的」，她放下身段去討錢，對自尊的損傷就如同街上討錢的女人，但迫於現狀，不得不然。蕭紅還是有作家的矜持，曹先生對她說：「你喜歡文學，就把全身心獻給文學。只有忠心於藝術的心才不空虛，只有藝術才是美，才是真美情愛。」這段話與其說是曹先生的嘮叨教誨，更像是蕭紅的內心寫照，體現出她對自己作家、藝術家身份的矜持。

曹先生帶來的女兒「小姑娘」，則是作為青春歲月的對照，作者不止一次感嘆：「小姑娘哪裡懂得人生！小姑娘只知道美。」嘆息自己已逝的青春。蕭紅的青春時期儘管也多所磨難，但畢竟青春年少，不像後來這般為貧窮所困、為追逐實際所苦。這裡又引發讀者的感嘆，文學、藝術雖美，似乎還美不過飽食一頓的滿足。

在蕭紅的散文中出現過的飢餓不計其數，變化繁多。一般人寫「餓」，寫來寫去只有幾種說法，但看這篇，卻以幾百字、數個比喻、景物描繪、人物穿插等等技巧，就穿透了「餓」的主題，把「餓」聯繫到人生存在、現實與美等形而上的層面，技巧高妙，令人嘆服。在蕭紅的筆下，彷彿要是不吃不喝，人不只做不了人，過得沒

有尊嚴，甚至會「像餓在籠中的雞一般」，淪為動物，或是如「雪花、冰花」一般的死物，毫無存在感可言。

飢餓是人生遇過的悲慘遭遇之一，然而只有蕭紅，能將悲慘透過生花妙筆，轉化為藝術境界。讀過了〈餓〉，一股深沉的悲涼從文章中，直透入人心深處，只有真正經歷過生活艱難的人，才能寫出這些刻骨銘心的感受。

▶ 修辭散步

1. 感官摹寫：如：「夜間遺留下來睡朦朦的氣息充塞在過道」（嗅覺）、「牛奶瓶的乳白色看得真真切切」（視覺）、「我心裡發燒，耳朵也熱了一陣」（觸覺＋心覺）、「街車喚醒了我，馬蹄嗒嗒、車輪吱吱地響過去」（聽覺、狀聲詞）等。

2. 誇飾：如：「他睡得很恬靜，連呼吸也不震動空氣一下。」

3. 反覆：為強調某種意思、突出情感，重複使用某些詞語、句子或段落。如：「越這樣靜越引誘我，……過道越靜越引誘我」、「小姑娘哪裡懂得人生！小姑娘只知道美……小姑娘哪裡懂得人生，只知道『美』」等。

4. 感嘆：用呼聲表露情感，藉著各種嘆詞、助詞來強調內心的驚訝或讚嘆、傷感或痛惜、歡笑或譏嘲等。一般常用的嘆助詞如「哇」、「啊」、「唉」、「哦」、「喲」等。如：「去拿吧！正是時候，即使是偷，那就偷吧！」「我餓呀！不是「偷」呀！」「但總覺得青春是過去了！過去了！」。

5. 譬喻：如：「大概我像一個沒有靈魂的、紙剪成的人貼在門扇」、「肚子好像被踢打放了氣的皮球」、「窗子在牆壁中央，天窗

似的」、「市街像一張繁繁雜雜顏色不清晰的地圖」、「我
孤孤獨獨的好像站在無人的山頂」、「像全身浴在冰水裡一
般」、「心浪和海水一般翻了一陣」等。

6. 擬人：如：「腸子不住地呼叫」、「過一刻，玻璃片就流著眼淚了」
　　　等。

7. 設問：心中確有疑問，或心中早有定見，只是為促使對方自省時用。
　　　如：「我拿什麼來餵肚子呢？桌子可以吃嗎？草褥子可以吃
　　　嗎？」（激問）「怎麼叫醬魚呢？哪裡有魚！」（提問）。

8. 呼告：如：「追逐實際吧！」

探頭看了看,「列巴圈」對門就掛著,結果什麼也沒有去拿。

一個女人手牽著孩子討錢。窮就不該有孩子,有也應該餓死?

曹先生把一張票子丟在桌上就走了,那是我寫信去要的。

幾天沒去過的小飯館,又坐在那裡吃喝了,只要有得吃,其餘什麼都忘了!

▶文學遊戲場

一、閱讀素養

（　）1. 文中出現「曹先生來訪」的情節，用意爲何？

(A) 讓曹先生落井下石襯托蕭紅的困境。

(B) 用小姑娘的青春對照蕭紅的滄桑。

(C) 用小姑娘的美麗突顯蕭紅的貧賤。

(D) 爲了使蕭紅夫妻解決飢餓問題。

（　）2. 以下何者爲作者的心理掙扎描寫？

(A) 兒時的記憶再現出來，偷梨吃的孩子最羞恥。

(B) 我拿什麼來餵肚子呢？桌子可以吃嗎？草褥子可以吃嗎？

(C) 我抱緊胸膛，把頭也掛到胸口，向我自己心說：我餓呀！不是「偷」呀！

(D) 她在樓下急迫地來回的呼聲傳染了我，肚子立刻響起來，腸子不住地呼叫……

二、向大師學寫作

作文題目：

　　生活中，可能會發生某件事情，能夠啟發我們的一些想法，這件事也許帶來了痛苦、折磨，也許帶來的是喜悦、希望，無論如何，都促使我們成長，令人終身難忘，想一想，你曾經受到什麼事情的啟發？以「一件事的啟示」爲題，敘述事件的經過和得到的啟示。

作文提示：

　　審題：選擇一件印象深刻的事來寫，這件事可能對你造成衝擊，影響到你的人生。將事件敘述出來，著墨在個人成長前後的轉折，才能將你得到的「啓示」突顯出來。開頭：使用比喻法，將人生比喻為調味料，各種滋味無法預先知道，所以成長的路上所遇到的種種事情，必須親身體驗才能明白。經過：用回憶法帶讀者回到事發當時。寫作時可以強調心理的描寫，分成事發前、事發時和事件過後，有層次的描寫心理上的糾結，最後帶出醒悟。結尾：用感想法，適合運用倒反修辭，藉著啓示來反省自己，將會令讀者感受到那份誠懇。

三、心智圖引導

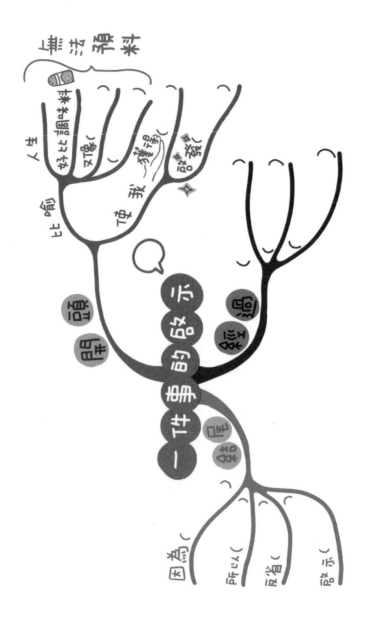

提示：敘述「經過」時，也要有次序地分三個層次。

名篇選讀

3. 怕鬼 / 張我軍

▶ 經典原文

　　本來，我是每到夜半必上廁所一次的，但是自從芳鄰[1]死後，上廁所也發生問題了。問題是在廁所正對著二十三號病室[2]。我是不信鬼的，而且自以為不怕鬼。可是說也奇怪，自從這一天，夜半醒了，照例要上廁所，卻又躊躇[3]起來，往往就憋到天亮。有時實在憋不住了，便抖擻[4]精神，壯著膽子出去，走到二十三號門口時，便不由自己地瞪一瞪那個門，然後使勁推開廁所的門，定睛望望內部之後，才大踏步邁進去。辦完事要回去，也照樣使勁拉開門，站穩了瞪一瞪二十三號的門，然後大踏步邁出去，一股氣邁到我們的病室，回頭再瞪一眼才開門進房。

　　這種情形，當然是怕鬼無疑的了。不信鬼又怎麼會怕死呢？這是不錯的，我也嗤笑[5]我自己矛盾。其實我還是不信鬼，也不是怕鬼。只是天下事總有個萬一，所

---

1 芳鄰：敬稱鄰居。此指隔壁二十三號病室的病人。
2 二十三號病室：是張我軍妻子所住的病室的隔鄰，姓「鈴木」，後來病死了，引起張我軍對生、死問題的思索。內容見張我軍的〈病房雜記〉一文。
3 躊躇：音ㄔㄡˊ ㄔㄨˊ，猶豫不決。
4 抖擻：奮發，振作。擻，音ㄙㄡˇ。
5 嗤笑：譏笑，嘲笑。嗤，音ㄔ。

以雖然不信有鬼，若萬一眞出了鬼，便該怎樣？若萬一跑出來的鬼，是個像《聊齋》[6]所談的風流儒雅的鬼，當然是不但不必怕，而且可以談談。可是倘若是個凶惡獰[7]猛的鬼，便難免嚇壞了。於是爲防萬一起見，我總避開萬一有見鬼的可能的地點和時間。遇到無法避開之時，總要預備和它苦鬥一場，所以行動特別愼重。

然而想來實在好笑，對於虛無飄渺[8]的鬼，既不信其有，又不敢斷然信其絕無。這都是我們祖先的罪過，誰叫他們教給我們說「人死了都變成鬼，而且都會吃人」呢？

▶認識名家

張我軍（1902～1955年），作家，臺北板橋人，祖籍福建漳州南靖縣人，原名張清榮。先後肄業及畢業於北京中國大學及北京師大，受「五四」文學運動影響，發表了臺灣作家的第一本新詩詩集《亂都之戀》（1925），又發表多篇評論，企圖改革臺灣傳統古文學，積極向臺灣引介魯迅、郭沫若、冰心、鄭振鐸等作家的作品，對中國新文學的理論與創作在臺灣的發展，影響甚大。

1997年，新北市政府「爲鄉里人傑塑像」，在其母校「板橋國

---

6 聊齋：書名，原稱《聊齋志異》，簡稱《聊齋》。大部分為清代文人蒲松齡所撰，一小部分出自他人之手。分為八卷或十六卷，共四百三十一篇。聊齋為蒲松齡的書房，志異是記錄怪異的事情，主要是藉鬼狐抒發對現實政治、社會的不滿。描寫委婉，文筆精鍊，為著名的短篇小說集。

7 獰：音ㄋㄧㄥˊ，凶惡，凶暴。

8 虛無飄渺：又作「虛無縹緲」，形容虛幻渺茫，不可捉摸。縹，音ㄆㄧㄠˇ。

小」立張我軍石像，表彰他對臺灣新文學運動的貢獻。1975年，林海音邀請張我軍次子張光直主編《張我軍詩文集》（純文學出版社）。1989年，《張我軍詩文集》增訂並改名《張我軍文集》。張我軍生前的譯作，則有楊紅英編的《張我軍譯文集》（海峽出版社），於2011年出版。

▶題解

　　〈怕鬼〉出自《張我軍全集》的散文〈病房雜記〉。張我軍在醫院看見病人垂死掙扎後，受到震撼進而一一探索了生死問題：人生與死、死後的世界是怎樣？人為什麼生？又何以會死？他體認到人的生、死，是自然的規律，同時闡述鬼之所以可怕，也許是人們受到教育、風俗、價值觀的影響，所形成的怕鬼心態。

▶心智圖解讀：怕鬼

　　人為什麼生？又為什麼會死？生命的新生與消亡，是最神祕的問題，也是人人都在探索的問題。有人遭遇不幸，就希望自己沒被生下來；有人不斷地問「人死後究竟會到哪裡」；更有秦始皇一類的人，竭盡全力好讓自己延長生命；有人則痛心另一個人為何那麼早死……。張我軍將他在病房中的所見所聞，包括人生與死、人死後的問題、鬼神問題等，一一探索，寫成了散文〈病房雜記〉。

　　到了一個地方，人不免會因為這地方的環境，而有一些特別的想法。故事是從二十三號病室開始的，它正對著廁所，而作者妻子的病房就在隔鄰——二十四號病室。在本文的前一篇〈死過人沒有〉，提到護士來試病人體溫，躺在病床上的病人第一句就是問她：「這屋子死過人沒有？」這些對話令作者想到，「人死了變成鬼，這個觀念，

▶心智圖

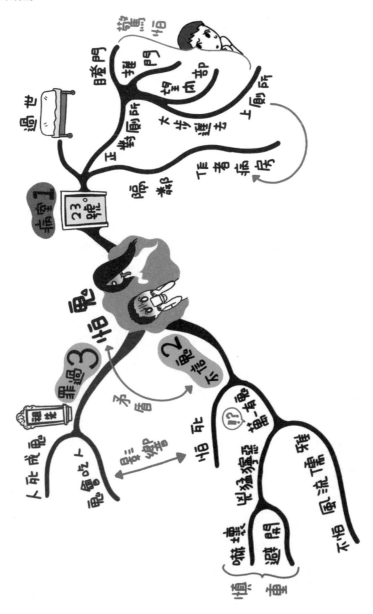

可以說是起源於所謂野蠻蒙昧的原始時代，一直到所謂科學昌明的時代，還盤據於人類精神之一隅的怪物」，並且「然而這怪物，居然被人類當作可怕在事物之尤者，想來人類也夠可笑的了」。這時候，「怕鬼」的念頭在作者心中就像個笑話，不值一提。

　　一直到某天，作者忽然得知隔壁的二十三號病室的病人死了，毫無預警，令作者十分愕然，於是在〈人生與死〉一篇中提到，這個從沒見過的芳鄰之死，竟讓他想了幾天幾夜。怕鬼的念頭悄悄浮上心頭，他便在本文「怕鬼」中，以極為生動的筆法，詳細地描述經過二十三號病室去上廁所時的緊張情緒。經過「芳鄰」的門時，他必須壯著膽子「瞪一瞪那個門，然後使勁推開廁所的門，定睛望望內部之後，才大踏步邁進去」，回病房時也必須重複這些動作才行，細膩而生動的動作描寫，突顯了作者「怕鬼」的心理。

　　想一想，在醫院、在病房時，我們可曾像作者這樣，對生死的一切產生過想法？作者將他的思考投入在病房的經歷，省思生死的問題。他嘲笑自己的矛盾，明明不信鬼，卻又怕鬼，究竟為什麼有這樣的心態？追根究柢，他將問題歸結到「祖先的罪過」。東方人一向被灌輸「人死了都變成鬼，而且都會吃人」的觀念，即使原本不信鬼的人，無形中竟也深受影響，可見傳統觀念潛移默化之深刻，也因為這樣的影響，造成人們許多荒謬可笑的行為。文中時而見作者自我解嘲，時而見他批評自己的矛盾，同時間接地對傳統生死觀、鬼神觀做了一番批判。

　　生、死、鬼、神，不論在醫學、哲學、宗教等領域，都有各自不同的見解，但共通點就是「人會生，然後會死」，人無法避免於大自然的規律。對於死亡，有的人可以想盡辦法拖延，有的人可以猜想死

後的世界，但張我軍透過〈病房雜記〉告訴我們，應該投注更多心力在「生」，與其擔心死亡與鬼魂，不如更用心在自己的生活中，「把握當下」才是最重要的。

▶修辭散步

1. 動作描寫：將人物活動時的狀態、一舉一動都細膩地描寫出來。如：「走到二十三號門口時，便不由自己地瞪一瞪那個門，然後使勁推開廁所的門，定睛望望內部之後，才大踏步邁進去。辦完事要回去，也照樣使勁拉開門，站穩了瞪一瞪二十三號的門，然後大踏步邁出去，一股氣邁到我們的病室，回頭再瞪一眼才開門進房。」

2. 設問：如：「不信鬼又怎麼會怕死呢？這是不錯的，我也嗤笑我自己矛盾。」（提問）「雖然不信有鬼，若萬一真出了鬼，便該怎樣？若萬一跑出來的鬼，是個像《聊齋》所談的風流儒雅的鬼，當然是不但不必怕，而且可以談談。可是倘若是個凶惡獰猛的鬼，便難免嚇壞了。」（提問）

3. 引用：如：「人死了都變成鬼，而且都會吃人。」（引用傳統的觀念或風俗）

二十三號病室的「芳鄰」死了，我內心也蒙上了陰影。

原本我不怕鬼，但現在經過二十三號門口，都要先刻意張望。

萬一跑出來的是個凶惡猙獰的鬼，我就會嚇壞了。

乖一點，不然鬼會吃掉你！

這都是祖先的罪過，誰叫他們教我們「鬼會吃人」呢！

▶文學遊戲場

一、閱讀素養

（　　）1. 讀了本文，想一想作者究竟怕不怕鬼？爲什麼？

　　　　(A)不怕，古老的觀念早已落伍了。

　　　　(B)怕，病人的魂魄仍然在醫院裡徘徊。

　　　　(C)不怕，科學昌明的時代已經驗證沒有鬼。

　　　　(D)怕，傳統觀念的影響很深入人心。

（　　）2. 以下的句子所運用的修辭，何者正確？

　　　　(A)我是不信鬼的，而且自以爲不怕鬼。（倒反）

　　　　(B)辦完事要回去，也照樣使勁拉開門，站穩了瞪一瞪
　　　　　二十三號的門，然後大踏步邁出去，一股氣邁到我們的
　　　　　病室，回頭再瞪一眼才開門進房。（動作描寫）

　　　　(C)這都是我們祖先的罪過。（誇飾）

　　　　(D)倘若是個凶惡獰猛的鬼，便難免嚇壞了。（暗喻）

二、向大師學寫作

作文說明：

　　　每個人都會遇到緊張的時刻，在不同狀況下，可能因爲陌生、膽量、不熟悉，而感到分外緊張。緊張不盡然是負面的感受，有時也會成爲一種提醒和動力。請以「最緊張的一刻」爲題，回憶自己最緊張的一次經驗，同時描述當時的感受。

作文提示：

　　審題：題目的重點是要描述在特定的狀況下，所產生的緊張情緒，對情緒的轉折要多加描繪，運用譬喻和誇飾來形容，可使抽象的情緒變得具體。開頭：一開始用結果法，從事件的結果開始寫起，然後才在後段敘述事件的經過，可引起讀者的好奇。經過：運用心情法，以描述心情和情感的轉折、變化為主，可多多利用感官摹寫，這樣才能牽引讀者的情緒。結尾：最後用期勉法，以期望或勉勵的話語來結束文章，或是對讀者提出建議。

三、心智圖練習

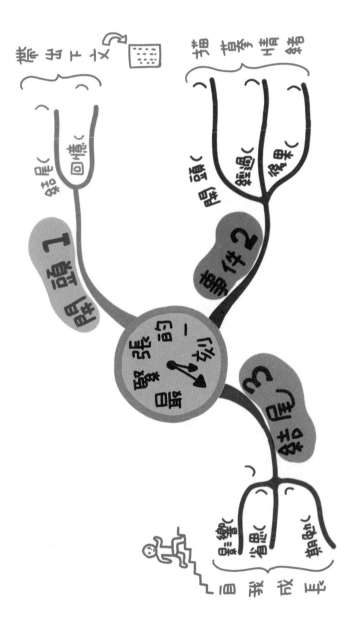

提示：可試著將這個心智圖再加以擴充，往下再細分一層。

PART 3

大自然好好玩
描寫景物

觀念大聲說

▶什麼是寫景文？

記敘文當中的寫景文，以描寫大自然的各種景物作為文章的亮點，包括山川江河、日月星辰等靜態的景物，以及四季流轉、物換星移、萬物生長等動態的變化。

由於事件和人物的活動，都是在特定的「空間」才能進行，所以不管是哪一類的文章，都會加入「景」做陪襯，達到營造氣氛、烘托人物的作用，比如，寫人物悲傷就用烏雲蔽日，寫闔家出遊就用花海或草原。一般記敘文的段落結構，都是依照事件的發展來寫，景物的描繪被穿插其中，變成作文的主題，或起著烘托的效果。

記敘文的結構

段落	一	二	三	四
內容	點出起因	發展過程	高潮轉折	結果感想

▶描寫景物有哪些方法？

透過景物的描寫，可以體現文章所蘊含的思想感情，使讀者彷彿身歷其境。但如果只是單純地描繪景物，就會像拍照，只是把景物「依樣畫葫蘆」地拍攝下來，缺少動人的力量，所以，我們必須用各種感官去觀察景物的特點，運用細膩的描寫，才能賦予景物「靈魂」。

以下將描寫景物的方法，分為主次分明、由物到景、塗抹色彩、注入感情、景景相連、動靜交織、情景交融等七種：

1.主次分明

一部影片當中，主角是影片的重點，作文也是，要在主要的段落中，先描繪文章的「主要景色」，接著用「次要景色」來襯托，就可以讓景物的層次分明。比如主要描寫摩天大樓，就用旁邊比較低矮的公寓，來烘托摩天大樓的雄偉。

2.由物到景

「景」是「物」的擴大，所以要在文章勾勒出景中的物，就要透過每個物的位置及排列，串成一幅景致的圖像，就像電影的底片是一格一格的，播出時就串成連續的影像。例如透過對好幾棵樹木的細節描繪和對遠方的山的描寫，花朵的點綴，便構成了一幅陽明山的風景。

3.塗抹色彩

　　大自然的景致是多姿多彩的，所以描寫景物時，用字不應太過簡單樸素，而是要多多運用色彩的比喻與形容詞。比如范仲淹的詞〈蘇幕遮〉：「碧雲天，黃葉地，秋色連波，波上寒煙翠。」在文字中塗抹色彩，書寫的景物才能豐富而不落俗套。

4.投注感情

　　「寫景」就和「狀物」一樣，也能託物言志，在文章藉著景物來寄託作者的感情，寫出人們內在的心境和感受，引起讀者共鳴，使情景交融。例如劉長卿的〈送靈澈上人〉：「蒼蒼竹林寺，杳杳鐘聲晚。荷笠帶夕陽，青山獨歸遠。」透過竹林寺周遭的青山、斜陽、人物，襯托出靈澈上人瀟灑出塵的高致，和作者的惜別之情。

5. 景景相連

寫景時，如果需要轉換景色的焦點，就要按照空間的次序一一下筆，這樣，焦點的變化才會自然而疏落有致。首先，分出主要和次要的景物，再按文章的需要，對景物加以選擇、安排，主要景物細細刻畫，次要景物概括描寫，便可以表現景景相連的層次感。

6. 動靜交織

描寫景物時要動、靜交織，不僅有靜態的背景色調，還要用動態來表現生命的靈動。如果只寫靜態的自然景物，容易流於單調，加入一點動態的變化，就可以使景物具有動感，例如，描寫溪水的「靜」，也不忘描寫魚兒的「動」。製造動態的方法很簡單，可以把時間拉長，描述景物的變化，也可以添加聲音、動作或自然生態，讓景物動起來。

7.情景交融

　　「一山一水總關情」，單純地寫景，景物會缺乏生命；如果景中有「情」，就能夠意趣盎然。雖然遊記文章的內容重在尋幽訪勝，難免會將描繪山水當作文章的焦點，但如果能夠寓情於景，加上人對自然的情感與感觸，就能賦予景物「靈魂」，展現從萬物中得到的人生哲理。

名篇選讀

1. 春 / 朱自清

▶經典原文

　　盼望著，盼望著，東風來了，春天的腳步近了。

　　一切都像剛睡醒的樣子，欣欣然張開了眼。山朗潤[1]起來了，水漲起來了，太陽的臉紅起來了。

　　小草偷偷地從土裡鑽出來，嫩嫩的，綠綠的。園子裡，田野裡，瞧去，一大片一大片滿是的，坐著，躺著，打兩個滾，踢幾腳球，賽幾趟跑，捉幾回迷藏[2]。風輕悄悄的，草軟綿綿的。

　　桃樹、杏樹、梨樹，你不讓我，我不讓你，都開滿了花趕趟兒[3]。紅的像火，粉的像霞，白的像雪。花裡帶著甜味；閉了眼，樹上彷彿已經滿是桃兒、杏兒、梨兒。花下成千成百的蜜蜂嗡嗡地鬧著，大小的蝴蝶飛來飛去。野花遍地是：雜樣兒[4]，有名字的，沒名字的，散在草叢裡，像眼睛，像星星，還眨呀眨的。

1　朗潤：明朗有光澤的樣子。
2　捉迷藏：一人蒙住眼睛摸索著，捉住他身邊來回躲避的人的遊戲。
3　趕趟兒：湊熱鬧，或適逢所需的意思。
4　雜樣兒：各式各樣的。

「吹面不寒楊柳風[5]」，不錯的，像母親的手撫摸著你。風裡帶來些新鮮的泥土的氣息，混著青草味，還有各種花的香，都在微微潤濕的空氣裡醞釀。鳥兒將窠巢[6]安在繁花嫩葉當中，高興起來了，呼朋引伴地賣弄清脆的喉嚨，唱出宛轉[7]的曲子，跟輕風流水應和著。牛背上牧童的短笛，這時候也成天在嘹亮地響。

雨是最尋常的，一下就是三兩天。可別惱。看，像牛毛，像花針，像細絲，密密地斜織著，人家屋頂上全籠著一層薄煙。樹葉子卻綠得發亮，小草也青得逼你的眼。傍晚時候，上燈了，一點點黃暈的光，烘托出一片安靜而和平的夜。鄉下去，小路上，石橋邊，撐起傘慢慢走著的人，還有地裡工作的農夫，披著簑、戴著笠[8]的。他們的草屋，稀稀疏疏地在雨裡靜默著。

天上風箏漸漸多了，地上孩子也多了。城裡鄉下，家家戶戶，老老小小，他們也趕趟兒似的，一個個都出來了。舒活舒活筋骨，抖擻抖擻[9]精神，各做各的

---

5 吹面不寒楊柳風：指春風從楊柳樹上迎面吹來也不覺寒冷。為南宋僧人僧志南的詩，全詩是：「古木陰中繫短篷，杖藜扶我過橋東。沾衣欲濕杏花雨，吹面不寒楊柳風。」

6 窠巢：鳥巢。窠，音ㄎㄜ。

7 宛轉：形容聲音悅耳動人。

8 簑、笠：簑，音ㄙㄨㄛ，用草或棕櫚葉做成的雨衣。笠，音ㄌㄧ，用竹皮或竹葉編成，可以擋雨遮陽的帽子。

9 抖擻精神：奮發、振作，有生氣。

一份事去。「一年之計在於春[10]」，剛起頭兒，有得是工夫，有得是希望。

　　春天像剛落地的娃娃，從頭到腳都是新的，它生長著。

　　春天像小姑娘，花枝招展，笑著，走著。

　　春天像健壯的青年，有鐵一般的胳膊[11]和腰腳，他領著我們上前去。

▶認識名家

　　朱自清（1898～1948年），原名朱自華，字佩弦，號秋實，浙江紹興人。北京大學畢業，曾任清華大學中文系教授、系主任，是現代散文家、詩人、學者。朱自清的散文有極高的藝術價值，風格清新細膩，真摯深刻，感人肺腑。其中藝術成就較高的是〈背影〉、〈荷塘月色〉、〈綠〉、〈春〉等散文，被認為是白話美文的典範。

　　朱自清不僅擅長描寫，還在描寫中達到情景交融的藝術境界，寫景尤其出色，文字精雕細琢，表現駕馭文字的高超技巧，運用白話描寫景致充滿魅力。散文有《匆匆》、《春》、《歐遊雜記》、《你我》、《綠》、《背影》、《荷塘月色》、《倫敦雜記》等。詩集有《雪朝》，詩文集《蹤跡》，文藝論著《詩言志辨》、《論雅俗共賞》等。獨特的美文風格，為中國現代散文增添了色彩。

---

10 一年之計在於春：勉勵人要把握時機，早做安排。南朝梁蕭繹《纂要》云：「一年之計在於春，一日之計在於晨。」

11 胳膊：音ㄍㄜ ㄅㄛ，肩膀以下、手腕以上的部位。

▶題解

　　〈春〉出自《朱自清全集》。描寫的是一個朝氣蓬勃的春天，更是朱自清心靈世界的一種寫照，由各種角度傳達作者對春天的喜愛。在這篇充滿詩意的文章中，蘊藏了作者在特定時期的思想、情感、人生，乃至人格的追求，表現作者內在深厚的傳統文化累積，和他對自由境界的嚮往。文章大量運用修辭技巧，主題明朗，語言優美。

▶解讀心智圖：春

　　朱自清的散文〈春〉，所描繪的景物充滿了躍動的活力與生命的靈氣，由不同的角度展現他對春天的喜愛，猶如一篇春的讚歌。

　　「盼望著，盼望著」，疊字使春天的來臨顯得迅急有力，彷彿是說：經歷了陰暗的冬天，光明終於降臨到了眼前，怎能按捺住歡欣鼓舞的心情？接著，作者細膩的觀察了初春的山、水和太陽，「山朗潤起來了」，形容積雪消融、嫩草新綠的清爽和滋潤。而「太陽的臉紅起來了」，則是將太陽擬人化，既表現了春陽的溫暖，更呈現太陽的活潑神韻，由粗筆勾勒出春天的輪廓，好為下文的細描預作鋪陳。

　　「剛睡醒的樣子，欣欣然張開了眼」，都是初春的景象，一個欣欣向榮、多姿多彩的春天，就在我們的眼前躍動。地上是大片嫩綠色的小草，田野上是盛開的桃樹、杏樹、梨樹，在花團錦簇當中，飛舞的是成群的蜜蜂與蝴蝶。晴朗的天空，吹拂著暖和的楊柳風，夾帶著土香、草香、花香的氣息，飄揚著各種鳥兒動聽的啼叫，和牧童嘹亮的笛聲，作者將大自然給詩化了。人們可以卸掉一切的壓力與負擔，投入春的世界，就像孩子接受母親的撫愛一樣溫暖。

　　在文章中段，用了許多文字描繪迎春的喜悅。人們在綠草如茵的地上打滾、踢球、賽跑、遊戲，盡情體驗生命的活潑與自由。作者運

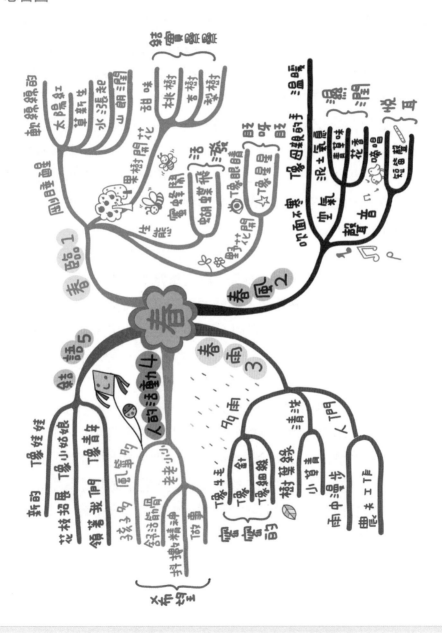

用了所有的感官：視覺、嗅覺、聽覺、想像、聯想，去享受大自然的美好，也體驗生命的美好。在這一片美的自然中，他深切地體驗到生命的自由、活力和燦爛，展現了赤子般的情懷和純眞的性情。

文章的後半部，歡快的調子突然轉爲舒緩而沉靜。綿綿的春雨落下了，晚景升起，那些爲了生活而行色匆匆的人們，以及辛勤工作的農夫，使得恬靜的春景，巧妙的轉換成一幅現實圖畫，我們也跟著從如夢似幻的世界回到了人間。「舒活舒活筋骨，抖擻抖擻精神，各做各的一份兒事去」、「一年之計在於春，剛起頭兒，有得是工夫，有得是希望」，作者書寫的，除了是那群忙碌奔波的人，更是在寫自己的心境和希望。

最後的結尾令人意想不到，連用三個比喻：新生的娃娃、美麗的姑娘、健壯的青年，來形容春天，讓文章原本舒緩、沉靜的調子，又轉爲剛健、清新，充滿希望，與開頭營造出來的明朗氛圍互相呼應，文章更爲圓滿。於是，春天的「新、美、力」，彷彿注入了讀者的內心，我們跟著文字融入春天，在春天的引領下邁步向前，獲得了新生。

描寫細膩，富於情致，是這篇文章的特點。以「盼春」作爲開端，「迎春」出現在中間熱鬧的場景，末尾的「隨春」，則反映作者對自由境界的嚮往，這與徐志摩的散文〈翡冷翠山居閒話〉在思想上有異曲同工之妙。朱自清用心靈感受春天，將情感傾注其中，透過比喻、擬人等藝術手法，使景物變得鮮活生動，形象逼眞，於樸實清新中留有雋永的韻味。

▶修辭散步

1. 類疊：是將同一個字、詞、句子重疊使用，或反覆使用同一個句子的
　　修辭法，可增強文句氣勢、表現旋律美，有疊字、類字、疊
　　句、類句等。如：「盼望著，盼望著」（疊句）、「嫩嫩的，
　　綠綠的」（疊字）、「風輕悄悄的，草軟綿綿的」（疊字）、
　　「舒活舒活筋骨，抖擻抖擻精神」（疊詞＋對仗）等。

2. 擬人：如：「春天的腳步近了」、「太陽的臉紅起來了」、「小草偷
　　偷地從土裡鑽出來」、「像星星，還眨呀眨的」（擬人＋譬
　　喻）、「鳥兒將窠巢安在繁花嫩葉當中，高興起來了，呼朋引
　　伴地賣弄清脆的喉嚨」（擬人＋聽覺）等。

3. 譬喻：如：「一切都像剛睡醒的樣子，欣欣然張開了眼」、「紅的像
　　火，粉的像霞，白的像雪」（譬喻＋排比）、「像眼睛，像
　　星星，還眨呀眨的」（譬喻＋擬人）、「像母親的手撫慰著
　　你」、「像牛毛，像花針，像細絲，密密地斜織著」（譬喻＋
　　排比），及文末三行：「春天像剛落地的娃娃，……。春天
　　像小姑娘，……。春天像健壯的青年，……」等（譬喻＋排
　　比）。

4. 引用：如：「吹面不寒楊柳風」、「一年之際在於春」等。

5. 感官描寫：如：「風裡帶來些新鮮的泥土的氣息，混著青草味，還有
　　　　　　各種花的香，都在微微潤濕的空氣裡醞釀。」（嗅覺）
　　　　　　「樹葉子卻綠得發亮，小草也青得逼你的眼。」（視覺）
　　　　　　等。

盼望著、盼望著，東風來了，春天的腳步近了。

風裡帶來新鮮的泥土氣息，還有鳥兒啼叫，和牧笛聲應和著。

雨密密地斜織著，家家戶戶、老老少少，一個個都出來了。

春天像健壯的青年，他帶領著我們上前去。

▶文學遊戲場

一、閱讀素養

（　　）1. 〈春〉的藝術特色，以下何者為非？

　　(A)詩情與畫意的結合，和諧的創造情景交融的境界。

　　(B)運用倒裝句法，使句子讀起來像詩。

　　(C)在層次井然中有節奏地轉換，由明朗、沉靜又回歸明朗。

　　(D)語言樸實、雋永，善於提煉通俗易懂、生動形象的口語。

（　　）2. 〈春〉這篇散文，反映作者的什麼心境？

　　(A)眷戀美景、耽溺人生的美好。

　　(B)只有春天才能帶給作者一些希望。

　　(C)對於走向光明的未來充滿期待。

　　(D)間接反映作者生活的艱困與不自由。

二、向大師學寫作

作文題目：

　　春是一年的開始，萬物將冬天蘊藏的能量在春天付諸實現，又象徵新生與希望。人們在春天用全新的自己和滿滿的勇氣，面對未來的挑戰。請你從生活中取材，以「春天」為題，描寫春天的季節特色和對春天的感受。

作文提示：

審題：**重點在描寫季節的特色**，包括春天的人事物，都可當作書寫的範圍。從春天的時序來構思，春天來臨前、來臨時或暮春時分，景物都會有所不同。開頭：用時間法，從事件發生的時間（例如春天的早晨）寫起，拉開文章的序幕，使讀者容易進入情境。經過：用對比法，透過兩三個不同事物的比較，突顯各自的特點，比如說紅色的花、綠色的葉，藍天、白雲，睡懶覺的貓、活潑的孩子等鬧春景象，描述氣候、溫差等變化。結尾：使用前後呼應法，讓結尾的文意與開頭互相輝映，例如：「到了明天，又是一個春天的早晨！」再次強調春天來臨。

三、心智圖練習

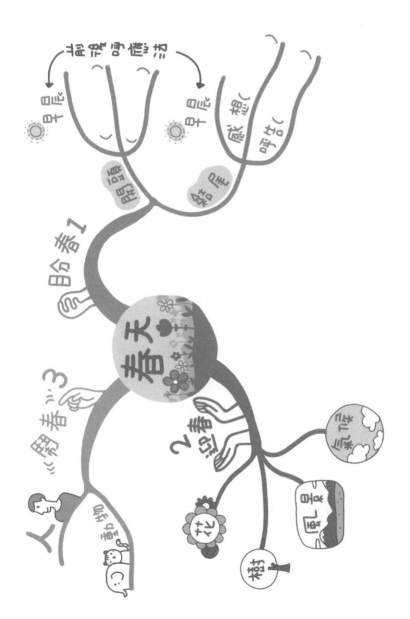

提示：以人們的活動分成盼春、迎春、鬧春三個層次。文章的開頭與結尾都是「盼春」，為前後呼應法。

名篇選讀

2. 白水漈 / 朱自清

▶經典原文

　　幾個朋友伴我遊白水漈[1]。

　　這也是個瀑布；但是太薄了，又太細了。有時閃著些須[2]的白光；等你定睛看去，卻又沒有——只剩一片飛煙而已。從前有所謂「霧縠[3]」，大概就是這樣了。所以如此，全由於岩石中間突然空了一段；水到那裡，無可憑依，凌虛[4]飛下，便扯得又薄又細了。當那空處，最是奇跡。白光嬗[5]為飛煙，已是影子；有時卻連影子也不見。有時微風過來，用纖手挽著那影子，它便嫋嫋[6]的成了一個軟弧；但她的手才鬆，它又像皮帶兒似的，立刻伏伏貼貼[7]的縮回來了。我所以猜疑，或者另有雙不可知的巧手，要將這些影子織成一個幻網。——微風想奪了她的，她怎麼肯呢？

1　白水漈：位於溫州市永嘉縣甌北鎮白水村，以飛瀑的獨特形象深受遊人喜愛。漈，音ㄐㄧˋ。

2　些須：少許，一點兒。

3　霧縠：如薄霧般輕軟的細紗所製成的服裝。縠，音ㄏㄨˊ。

4　凌虛：凌駕雲霄。

5　嬗：音ㄕㄢˋ，更替，演變。

6　嫋嫋：音ㄋㄧㄠˇ ㄋㄧㄠˇ，形容輕盈柔弱。

7　伏伏貼貼：同「服服貼貼」，馴服、順從。

幻網裡也許織著誘惑；我的依戀便是個老大的證據。

▶認識名家

朱自清。參見p.93。

▶題解

〈白水漈〉出自《朱自清全集》。描寫了白水漈瀑布的細和薄，以一連串的比喻，形容凌虛而下的瀑布，透過這些美妙的形容，細膩地道出瀑布在微風中的形態，及種種吸引人之處。朱自清主張「寫實」，作家必須深入觀察，運用想像力追求創新。他曾說：「於一言一動之微，一沙一石之細，都不輕輕放過。」本文完全展現其寫作細膩的功夫。

▶心智圖解讀：白水漈

〈白水漈〉出自於朱自清散文〈溫州的蹤跡〉其中一則，文章的獨特之處，在於僅用了四百字，就將乍看覺得平凡無奇的白水漈瀑布，描述得真切感人。文章可以分為兩個部分來談，首先，是作者針對白水漈瀑布進行層次不同的描述，是文章的主體；其次，是作者對白水漈瀑布產生的情感和依戀。

文章在開頭先交代寫作的動機，是朱自清和朋友一起去欣賞白水漈，第二段才是文章的主要部分，全用來描述瀑布。首先抓住「水」的特色，用粗筆概括來寫：「這也是個瀑布；但是太薄了，又太細了。」意思是說，「又薄又細」是白水漈最獨特的地方，和別的瀑布不同。接著，開始細膩的以細描法描寫瀑布「薄、細」的情狀，例如

▶心智圖

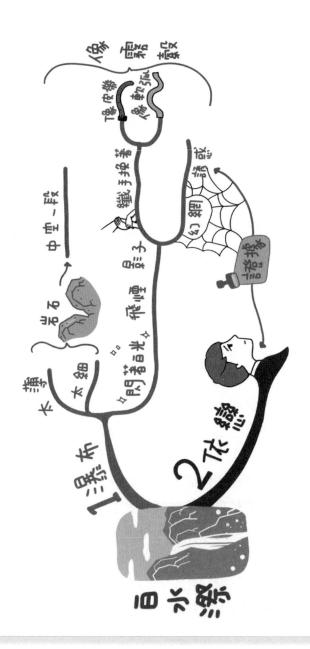

「閃著些許的白光」、「只剩下一片飛煙」、「霧縠」等，種種詞彙帶給人具體的想像。

但是作者在這時拋出了一個疑問：為什麼白水漈的水又薄又細呢？探究原因，原來是：「全由於岩石中間突然空了一段；水到那裡，無可憑依，凌虛飛下，便扯得又薄又細了。」按照物理常識，水流會因為岩石的形狀而改變形狀，因此造成了薄、細的奇特現象。作者描繪的技巧相當傳神，其中「凌虛飛下」一詞，恰切、空靈，妙不可言。

接著，文章又抓住了「岩石的空處」，開始描述岩石對水流的影響。當瀑布流經岩石時，中間空了一段，突然無所憑依，所以「白光嬗為飛煙，已是影子，有時卻連影子也不見」。液態的水遇到撞擊，轉化為水花四濺的「煙」，又轉化為無形的「影」，有層次的寫法，將如煙似霧的水色描繪得形象鮮明，而「嬗」字的使用，同時連結了幾種水的變化，更具有煉字之妙。

然而作者走筆至此，仍然意猶未盡，他抓住了「煙」和「影」繼續以工筆細描，並且發揮想像力，將水霧、水影、水流給擬人化了：「有時微風過來，用纖手挽著那影子，它便嬝嬝地成了一個軟弧；但她的手才鬆，它又像橡皮帶兒似的，立刻伏伏帖帖地縮回來了。」水流一碰到作者的手，便會轉彎、變形，形成弧狀，這是自然的現象，作者卻能描述得極具藝術美感，語言新奇、貼切，全是精心錘鍊的口語，使讀者跟著陶醉在細膩的文字中，也耽溺在白水漈的溫柔裡頭。

朱自清筆下的瀑布奇特幻妙，我們也情不自禁地跟作者一樣，對白水漈心嚮往之，被它的美誘惑住了，也對它產生依戀。雖然這是一篇作者與朋友出遊的遊記，但我們也透過作者的文字，觀賞到白水漈

之美，心靈為之悸動，這與作者細膩的觀察和深切的感悟有關。我們在欣賞文章之餘，同時也在寫作上受到了啟發：學習抓住事物的特點去寫，文字才有感動人心的力量。

▶修辭散步

1. 視覺描寫：如：「有時閃著些須的白光；等你定睛看去，卻又沒有——只剩一片飛煙而已。」

2. 轉化：有化虛擬實的轉化方式，是將抽象的事物或觀念，當成具體的人、事、物來描寫。如：「水到那裡，無可憑依，凌虛飛下，便扯得又薄又細了。」「或者另有雙不可知的巧手，要將這些影子織成一個幻網。」（以物擬物）

3. 設問：如：「微風想奪了她的，她怎麼肯呢？」（激問）

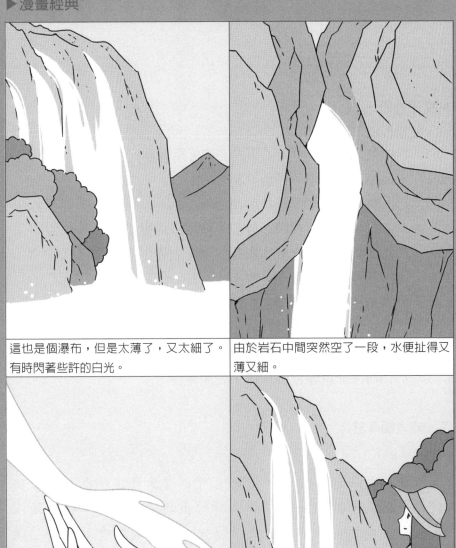

這也是個瀑布，但是太薄了，又太細了。有時閃著些許的白光。

由於岩石中間突然空了一段，水便扯得又薄又細。

用纖手挽著那影子，他便嫋嫋地成了一個軟弧。

幻網裡也許織著誘惑；我的依戀便是個老大的證據。

▶文學遊戲場

一、閱讀素養

（　）1. 朱自清在文中用了「嬗」字，用意為何？

　　　　(A) 用冷僻字以標新立異。

　　　　(B) 為了押韻的緣故而使用。

　　　　(C) 以「嬗」代替「變」，換字以求變化。

　　　　(D) 用以描述水流、水花、水影的變化。

（　）2. 根據〈白水漈〉的內容，以下何者正確？

　　　　(A) 使瀑布又薄又細的原因，是岩石中間空了一段。

　　　　(B) 水花透過光線反射，看起來猶如一張網。

　　　　(C) 作者獨自一人前往欣賞白水漈。

　　　　(D) 水流就像皮帶一樣，充滿彈性。

二、向大師學寫作

作文題目：

　　登山是一種有意義的活動，可以磨練意志，也可以體現毅力。而山的雄偉壯麗、登山所付出的辛苦過程，往往使人產生對生命的體悟。從登山活動中，你可曾體會到什麼？請以「登山記遊」為題，將你的經驗和體會書寫下來。

作文提示：

　　審題：遊記要寫得好，除了生動地描寫景物、細膩地描述過程以外，還要提升文章的高度，為遊記賦予較高層次的意義，從中悟出人生的道理，此行才會更有意義。開頭：使用空間法，先說明事件發生的地點、位置、空間或地理環境等，作為觸發的媒介，然後才開始敘事。經過：用聯想法，將筆墨聚焦在某個景物，與自己的情感相結合，才能情景交融。結尾：用引用法，引用相關的詩詞、格言，來說明自己登山時的體悟。

三、心智圖練習

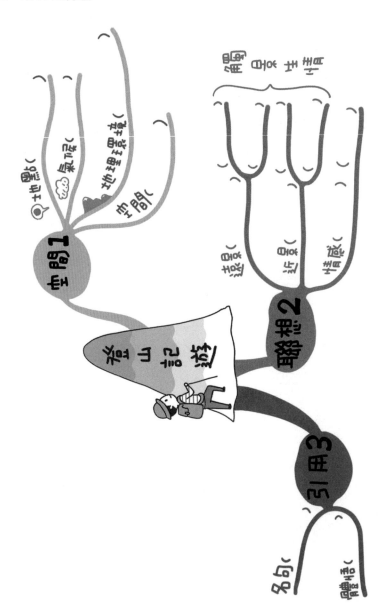

提示：以寫作技巧分成三個層次，在「聯想」細分得更多，是文章需要大量描寫的部分。

名篇選讀

3.春雨 / 梁遇春

▶經典原文

　　整天的春雨，接著是整天的春陰，這真是世上最愉快的事情了。我向來厭惡晴朗的日子，尤其是驕陽的春天；在這個悲慘的地球上忽然來了這麼一個欣歡的氣象，簡直像無聊賴[1]的主人宴飲生客時，拿出來的那副古怪笑臉，完全顯出宇宙裡的白痴成分。在所謂大好的春光之下，人們都到公園大街或者名勝地方去招搖過市[2]，像猩猩那樣嘻嘻笑著，真是得意忘形，弄到變成為四不像了。可是陰霾[3]四布或者急雨滂沱[4]的時候，就是最沾沾自喜的財主也會感到苦悶，因此也略帶了一些人的氣味，不像好天氣時候那樣望著陽光，盛氣凌人地大踏步走著，頗有上帝在上，我得其所的意思。至於懂得人世哀怨的人們，黯淡的日子可說是他們惟一光榮的時光。穹蒼[5]替他們流淚，烏雲替他們皺眉，他們覺到

1　無聊賴：鬱悶，心煩。

2　招搖過市：指故意在人多的地方誇耀自己，以引人注意。

3　陰霾：形容天氣暗沉、晦暗。

4　滂沱：音ㄆㄤ ㄊㄨㄛˊ，雨勢盛大的樣子。

5　穹蒼：即「蒼穹」，上蒼，天空。穹，音ㄑㄩㄥˊ。

四圍都是同情的空氣，彷彿一個墮落的女子躺在母親懷中，看見慈母一滴滴的熱淚濺到自己的淚痕，眞是潤遍了枯萎的心田。斗室中默坐著，憶念十載相違[6]的密友，已經走去的情人，想起生平種種的坎坷[7]，一身經歷的苦楚，傾聽窗外簷前淒清的滴瀝，仰觀波濤浪湧，似無止期的雨雲，這時一切的荊棘都化做潔淨的白蓮花了，好比中古時代那班聖者被殘殺後所顯的神跡。「最難風雨故人來[8]」，陰森森的天氣使我們更感到人世溫情的可愛，替從苦雨淒風中來的朋友倒上一杯熱茶時候，我們很有放下屠刀，立地成佛子的心境。「風雨如晦，雞鳴不已[9]」，人類眞是只有從悲哀裡滾出來才能得到解脫，千錘百鍊，腰間才有這一把明晃晃的鋼刀，「今日把示君，誰爲不平事[10]」、「山雨欲來風滿樓[11]」，這很可以象徵我們孑立[12]人間，嘗盡辛酸，遠望來日大難的氣概，眞好像思鄉的客子拍著闌干，看到郭

6　相違：保持距離。此指距離很遠、久不見。

7　坎坷：音ㄎㄢˇ ㄎㄜˇ，比喻人潦倒不得志。

8　最難風雨故人來：有朋友在風雨交加時節前來探望，最是人生快事。語出清代學者孫星衍之聯句：「莫放春秋佳日過，最難風雨故人來。」

9　風雨如晦二句：風雨交加天色昏暗的早晨，雄雞啼叫不止。出自《詩經・鄭風・風雨》：「風雨如晦，雞鳴不已。既見君子，云胡不喜。」

10　今日把示君二句：今日取劍展示予你，若是誰有不平之事，我必為其效力。唐・賈島〈劍客〉詩：「十年磨一劍，霜刃未曾試。今日把示君，誰為不平事？」

11　山雨欲來風滿樓：比喻局勢將有重大變化前夕的跡象和氣氛。唐・許渾〈咸陽城東樓〉詩：「溪雲初起日沉閣，山雨欲來風滿樓。」

12　孑立：孤身一人。孑，音ㄐㄧㄝˊ。

外的牛羊，想起故里的田園，懷念著宿草[13]新墳裡當年的竹馬之交[14]，淚眼裡彷彿模糊辨出龍鍾[15]的父老蹣跚[16]走著，或者只瞧見幾根靠在破壁上的拐杖的影子。所謂生活術恐怕就在於怎麼樣當這麼一個臨風的征人罷。無論是風雨橫來，無論是澄江一練[17]，始終好像惦記著一個花一般的家鄉，那可說就是生平理想的結晶，蘊在心頭的詩情，也就是明哲保身的最後壁壘了；可是同時還能夠認清眼底的江山，把住自己的步驟，不管這個異地的人們是多麼殘酷，不管這個他鄉的水土是多麼不慣，卻能夠清瘦地站著，戛戛然[18]好似狂風中的老樹。能夠忍受，卻沒有麻木，能夠多情，卻不流於感傷，彷彿樓前的春雨，悄悄下著，遮住耀目的陽光，卻滋潤了百草同千花。簷前的燕子躲在巢中，對著如絲如夢的細雨呢喃，真有點像也向我道出此中的消息。

可是春雨有時也凶猛得可以，風馳電掣，從高山傾瀉下來也似的，萬紫千紅，都付諸流水，看起來好像是煞風景的，也許是別有懷抱罷。生平性急，一二知

---

13 宿草：隔年的草。

14 竹馬之交：比喻幼年時的朋友。

15 龍鍾：年老體衰行動不便的樣子。

16 蹣跚：音ㄆㄢˊ ㄕㄢ，形容步伐不穩、歪歪斜斜的樣子。

17 澄江一練：形容江面如柔軟潔白的絲絹。

18 戛戛然：艱難費力的樣子。戛，音ㄐㄧㄚˊ。

交常常焦急萬分地苦口勸我，可是暗室捫心[19]，自信絕不是追逐事功的人，不過對於紛紛擾擾的勞生卻常感到厭倦，所謂性急無非是疲累的反響罷。有時我卻極有耐心，好像廢殿上的玻璃瓦，一任他風吹雨打，霜蝕日曬，總是那樣子痴痴地望著空曠的青天。我又好像能夠在沒字碑面前坐下，慢慢地去冥想這塊石板的深意，簡直是個蒲團已碎，呆然趺坐著的老僧，想趕快將世事了結，可以抽身到紫竹林中去逍遙，跟把世事撇在一邊，大隱隱於市[20]，就站在熱鬧場中來仰觀天上的白雲，這兩種心境原來是不相矛盾的。我雖然還沒有，而且絕不會跳出人海的波瀾，但是拳拳[21]之意自己也略知一二，大概擺動於焦躁與倦怠之間，總以無可奈何天[22]為中心罷。所以我雖然愛濛濛茸茸[23]的細雨，我也愛大刀闊斧的急雨，紛至沓來[24]，洗去陽光，同時也洗去雲霧，使我們想起也許此後永無風恬日美的光陰了，也許老是一陣一陣的暴雨，將人世哀樂的蹤跡都漂到大海裡去，白浪一翻，什麼渣滓也看不出了。焦躁同倦怠的心境在

---

19 捫心：撫摸胸口，表示自思反省。捫，音ㄇㄣˊ。

20 大隱隱於市：真正有心隱居的人，雖處鬧市中，仍不改其心志。被濃縮為成語「大隱朝市」。

21 拳拳：眷戀的樣子。

22 無可奈何天：難以預料無法逆轉的蒼天。出自《紅樓夢》第五回仙宮房內對聯。奈何天：湯顯祖《牡丹亭》云：「良辰美景奈何天。」有迷茫、惆悵、天命不可知的意思。

23 茸茸：音ㄖㄨㄥˊ ㄖㄨㄥˊ，累積、重疊。

24 紛至沓來：形容接連不斷地到來。紛，眾多。沓，音ㄊㄚˋ，重複。

此都得到涅槃[25]的妙悟，整個世界就像客走後，撤下筵席，洗得頂乾淨，排在廚房架子上的杯盤。當個主婦的創造主看著大概也會微笑罷，覺得一天的工作總算告終了。最少我常常臆想[26]這個還了本來面目的大地。

可是最妙的境界恐怕是尺牘[27]裡面那句爛調，所謂「春雨纏綿」罷。一連下了十幾天的霉雨，好像再也不會晴了，可是時時刻刻都有晴朗的可能。有時天上現出一大片的澄藍，雨腳也慢慢收束了，忽然間又重新點滴淒清起來，那種捉摸不到，萬分彆扭的神情，真可以做這個啞謎一般的人生的象徵。記得十幾年前每當連朝春雨的時候，常常剪紙作和尚形狀，把他倒貼在水缸旁邊，意思是叫老天不要再下雨了，雖然看到院子裡雨腳下一粒一粒新生的水泡，我總覺到無限的欣歡，尤其當急急走過簷前，脖子上濺幾滴雨水的時候。可是那時我對於春雨的情趣是不知不覺之間領略到的，並沒有凝神去尋找，等到知道怎麼樣去欣賞恬適的雨聲時候，我卻老在乾燥的此地做客，單是夏天回去，看看無聊的驟

---

25 涅槃：音 ㄋㄧㄝˋ ㄆㄢˊ，佛教修行者的終極理想。為梵語「nirvāṇa」的音譯。意譯為滅、滅度、寂滅，指滅切貪、瞋、痴的境界。因為所有的煩惱都已滅絕，所以永不再輪迴生死。一般也用來尊稱出家人去世。

26 臆想：幻想。臆，音 ㄧˋ。

27 尺牘：本指古代書寫用的木簡，後借指書信。牘，音 ㄉㄨˊ。

雨，過一過雨癮罷了。因此「小樓一夜聽春雨[28]」的快樂當面錯過，從我指尖上滑走了。盛年時候好夢無多，到現在彩雲已散，一片白茫茫，生活不著邊際，如墮五里霧中[29]，對於春雨的悵惘只好算做內中的一小節罷，可是彷彿這一點很可以代表我整個的悲哀情緒。但是我始終喜歡冥想春雨，也許因為我對於自己的愁緒很有顧惜愛撫的意思；我常常把陶詩改過來，向自己說道：「衣沾不足惜，但願恨無違[30]。」我會愛凝恨也似的纏綿春雨，大概也因為自己有這種的心境罷。

▶認識名家

梁遇春（1906～1932年），福建閩侯人。現代作家，是早逝的天才。他是20至30年代散文界的一顆明星，其筆調抒情中有理性，蘊含博識和睿智，對現代散文藝術有很大的貢獻。他於1924年進北京大學英文系深造，畢業後曾到上海暨南大學教書，翌年返回北京大學圖書館工作。1932年不幸得到急性猩紅熱病逝，死時年僅二十七歲。

梁遇春在大學時，就開始翻譯西方文學作品，兼寫散文。譯著多達二三十種，大部分是英國作品，其中以《小品文選》、《英國詩歌

---

28 小樓一夜聽春雨：隻身於小樓中，聽春雨淅淅瀝瀝下了一夜。出自宋陸游〈臨安春雨初霽〉：「世味年來薄似紗，誰令騎馬客京華？小樓一夜聽春雨，深巷明朝賣杏花。矮紙斜行閒作草，晴窗細乳戲分茶。素衣莫起風塵嘆，猶及清明可到家。」

29 如墮五里霧中：好像墜入極大的雲霧中。

30 衣沾不足惜，但願恨無違：作者改自〈陶潛·歸田園居之三〉：「種豆南山下，草盛豆苗稀。晨興理荒穢，帶月荷鋤歸。道狹草木長，夕露沾我衣。衣沾不足惜，但使願無違。」這裡意思是，衣服濕了不可惜，只要不違背自己的遺憾就好。恨，遺憾。

選》影響較大。散文則從1926年開始便陸續發表，絕大部分收在《春醪集》、《淚與笑》等書。散文只留下約三十七篇，獨具風格。文章多談自己所經歷的各種感情，及社會和大自然的現象；他的熱情與感傷，理性與感性、愛與恨，都在字裡行間表露無遺。

▶題解

〈春雨〉出自《淚與笑》。作者在文中歌讚春雨，無論是細雨，還是急雨，都是他喜歡與熱愛的對象。他運用對比手法，將令人愉悅的春陰、春雨與令人厭惡的驕陽對比，又從不同的角度來呈現整天的春雨。他將人的窮富與天氣的陰晴對應，筆下的春雨意象就不僅是春雨了，而有了「人生風雨」的弦外之音，是一篇寓意與詞采兼具的美文。

▶心智圖解讀：春雨

梁遇春的散文可以說是一種「青春寫作」，不僅是指作者年輕，更是指創作中特有的風格。辛棄疾說少年是「為賦新辭強說愁」，徬徨、感傷是多數青春寫作的特色，但梁遇春散文中的悲劇感卻是與生俱來的，那種看待生命的獨特視角和對宇宙萬物的感慨，已經超出了他的年齡，可以說他的散文風格，是來自於一種骨子裡的憂傷。

下雨天對很多人來說，都不是理想的天氣，畢竟下雨會帶來諸多不便，讓人的生活步調和身心煩亂起來，因此，許多文章以「雨過天晴」之類的詞彙，表達對晴天的盼望、對雨天的心煩。但是這篇〈春雨〉，卻極力地歌頌春雨的來臨，作者說「整天的春雨，接著是整天的春陰，這真是世上最愉快的事情了」，還說他「向來厭惡晴朗的日

▶心智圖

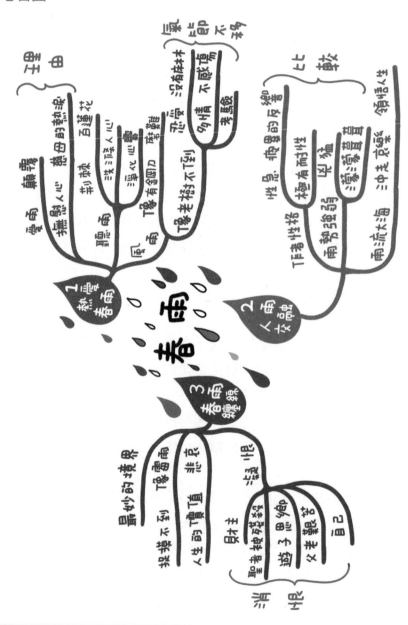

子」，顛覆了一般人對雨天的感覺，在文章開頭就令人眼睛一亮。

作者熱愛春雨，是因為他認為「陰霾四布或者急雨滂沱的時候」，「略帶了一些人的氣味」，所以，雨就像是「慈母一滴滴的熱淚」，「潤遍了枯萎的心田」，小雨雖柔，卻有一種撫慰人心的力量。他也認為，雨可以洗滌人心、淨化心靈，有時在雨天「想起生平種種的坎坷，一身經歷的苦楚」，聆聽著窗外的雨聲，「一切的荊棘都化做潔淨的白蓮花了」。

他又為春雨做出許多有趣的想像，在歷經了「風雨」的千錘百鍊後，「腰間才有這一把明晃晃的鋼刀」，鋼刀削鐵如泥，好比人在歷經悲哀與磨難後，如果能氣節不移，就能夠戰無不勝。人心的溫暖，也只有在「陰森森的天氣」才能突顯出來。也唯有風雨可以考驗人的意志，在狂風驟雨中，像一棵老樹屹立不搖，「能夠忍受，卻沒有麻木，能夠多情，卻不流於感傷」。走筆至此，春雨已不僅是春雨了，而是「人生風雨」的意思，有考驗、磨難的象徵意義。

點出雨的意象之後，文章轉為書寫「人雨交融」，作者拿自己與春雨類比。「春雨有時也凶猛得可以」，正如作者「生平性急」，但性急其實只是「疲累的反響」。他有時「極有耐心」，就像「濛濛茸茸的細雨」。這裡用春雨剖析自己的性格，認為「大概擺動於焦躁與倦怠之間」，所以他愛細雨，也愛急雨，由春雨代替他表達自我。雨水終究要流向大海，豈不如同「將人事哀樂的蹤跡都飄到大海裡去」？這段書寫頗具禪意，也很有頓悟人生的味道，哲思深刻。

最後一段，作者表達了自己對「春雨纏綿」的深刻感受，認為這就是人生「最妙的境界」，像「一連下了十幾天的霉雨」，有時候忽然間晴朗，有時又開始下起雨來，讓人「捉摸不到」，彷彿「無常」

的命運，這就是「啞謎一般的人生的象徵」。他回溯自己小時候，對春雨的情趣並不留神欣賞，直到十幾年後懂得欣賞「恬適的雨聲」時，卻總是待在乾燥的地方，等不到連綿的春雨，他不禁喟嘆：「快樂當面錯過，從我指尖上滑走了。」

書寫春雨，就是書寫人生，人生彷彿春雨般「不可捉摸」，從春雨中，梁遇春感受到的是悲哀，而悲哀，正是一種人生的價值，這是只有在人世間嚐遍酸、甜、苦、辣的人，才能夠理解的滋味。文末說「我會愛凝恨也似的春雨，大概也因為自己有這種的心境罷」，綜觀全文，可知作者「恨」的是盛氣凌人的財主、聖者被殘殺、遊子思鄉、生活艱苦的父老，以及焦躁、倦怠、悵惘的自己，於是，他把消「恨」的希望寄託在「春雨」上，作為文章的結尾。

作者運用聯想、象徵、比喻、對比、引用等多種修辭法，從不同的角度表達自己的思想和情緒，他深愛著春雨般的人生，也愛春雨帶來的種種哀愁與喜樂，字裡行間沒有一處不是真情。這是寫春雨的散文，更是探究人生意義、探究悲哀價值的心靈表白。

▶修辭散步

1. 對比描寫：將兩種差異很大的觀念或事物，互相比較對照，使特徵更明顯。如：「整天的春雨，接著是整天的春陰」（春雨、春陰）、「可是陰霾四布或者急雨滂沱的時候……，不像好天氣時候那樣望著陽光……」（陰、晴）、「生平性急，……。有時我卻極有耐心……」（性急、耐心）等。

2. 譬喻：如：「像猩猩那樣嘻嘻笑著」、「彷彿一個墮落的女子躺在母親懷中」、「好比中古時代那班聖者被殘殺後所顯的神跡」、「真好像思鄉的客子拍著闌干」、「戛戛然好似狂風中的老

樹」、「從高山傾瀉下來也似的」等。

3. 聯想描寫：從某個和主題相關的事物，經過某種觸發，而想到另一個有關事物的心理過程，以帶出主題。如：「斗室中默坐著，憶念十載相違的密友，已經走去的情人，想起生平種種的坎坷，一身經歷的苦楚。」

4. 引用：如：「最難風雨故人來」、「風雨如晦，雞鳴不已」、「今日把示君，誰為不平事」、「山雨欲來風滿樓」、「春雨纏綿」、「小樓一夜聽春雨」等。

5. 排比：如：「能夠忍受，卻沒有麻木，能夠多情，卻不流於感傷。」

整天的春雨，接著是整天的春陰，這真是世上最愉快的事情了。

傾聽窗外簷前淒清的滴瀝，一切的荊棘都化做潔淨的白蓮花了。

我像呆然跌坐著的老僧，將人事哀樂的蹤跡都飄到大海裡去。

我始終喜歡冥想春雨，愛凝恨也似的纏綿春雨。

▶文學遊戲場

一、閱讀素養

（　　）1. 作者將自己與春雨比較，用意為何？

　　　　(A) 將自己與春雨融為一體。

　　　　(B) 這是擬人寫法，說自己就是春雨。

　　　　(C) 目的是藉著春雨剖析自己的性格。

　　　　(D) 為了由春雨頓悟人生。

（　　）2. 作者愛「凝恨也似的春雨」，是因為他有什麼心境？

　　　　(A) 憤世嫉俗與悲天憫人的心境。

　　　　(B) 從磨難中體會悲哀是人生的一種價值。

　　　　(C) 把消恨的希望寄託在春雨上。

　　　　(D) 人生如啞謎般不可捉摸。

二、向大師學寫作

作文題目：

　　臺灣位於颱風經過的路徑上，每年的夏、秋兩季都會經歷幾個颱風，風勢、雨勢往往十分驚人，造成人員或財物的損失。想一想，你對颱風或是類似的大風大雨，有什麼特殊的觀察或感受？請以「風雨來臨時」為題，就自己的親身經驗詳述。

作文提示：

　　審題：可以從時間來構思，風雨來以前、來臨時、風雨過後，各有不同的景象和故事，可從三階段分別描述。開頭：運用摹聲法，若是從學校開始寫，可描述宣布提早放學和同學們的反應，交代文章的背景、前因。經過：用寫景法配合譬喻，將風雨來襲的景象描寫出來，以各種比喻形容閃電、狂風、暴雨、街景等等，使意象更為豐富。接著描述內心的感受、恐懼、擔憂、勇氣等等。結尾：用餘韻法，透過風雨後的寧靜和行道樹的挺立不屈，體悟人生的道理。

三、心智圖練習

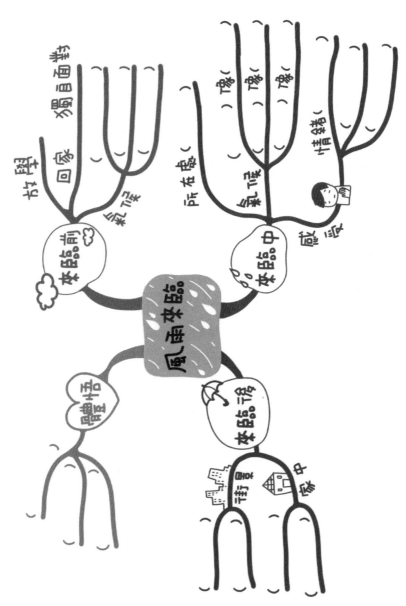

提示：文章的重點在在颱風「來臨中」，支幹就必須分得更細。

PART 4
人間萬物好好玩
託物言志

觀念大聲說

▶什麼是「狀物」？

「狀」是描摹，以「物」當作寫作的主角，或是把「物」當成媒介，藉著描摹「物」的情狀來寫人或情、景。例如，唐代詩人羅隱的〈蜂〉詩：「不論平地與山尖，無限風光盡被占。採得百花成蜜後，為誰辛苦為誰甜？」就是藉著描寫蜜蜂來抒發自己的心情。

「物」可分成無生命的物品和有生命的動、植物，寫法是從物的性質和特徵，找出物內含的意義。但是無論我們把「物」描寫得多仔細，最後還是要回歸到「人」的情感，不能只有單純描述物體本身，這就是「心若懷情，萬物皆有情」的境界。

▶該怎麼「狀物」呢？

「狀物」在文章的作用，就是讓我們借助某樣物品，來帶出情感或回憶。物品經常讓我們聯想到某個人或事，是情感的象徵，所以我們對物產生的情感，就是書寫的重點。「物」可分為無生命的物品，和有生命的植物、動物。「物品」無生命，著重描述帶給你的意義；「植物」著重對植物的觀察和描繪；「動物」則著重在與人的互動。

人＋動物 → 情感

　　寫作時，要詳細地描繪「物」的特徵，作爲觸發情感的依據。但是如果只靠將「物」描繪得栩栩如生還不夠，要加上人和事才行。

　　「人」是物的贈送者、買受人和擁有者，比如朋友送了禮物給你，朋友是贈送人，你就是禮物的擁有者；如果你買了一件物品，你就是物的買受人。只有將人、事、物融合在一起寫，才是文情並茂的好文章。

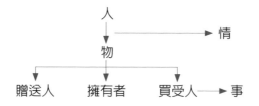

　　不論你的主題是哪一種「物」，都有賴於平日細膩地觀察事物，用心思考，文章的內容才會豐富。要把握幾項要領，分別是找出特徵、把握關聯、運用修辭、由外而內、物與人事：

1.找出特徵

　　抓住物的特徵，最有效的就是利用各種感官來描寫，以視覺寫外觀，聽覺寫聲音，嗅覺寫氣味，味覺寫味道，觸覺寫觸感。比如朱自清的散文〈荷塘月色〉描寫荷花，是寫花的姿態、迷人的清香，再用歌聲書寫對荷香的感受：

視覺＋聽覺 → 情感

2.把握關聯

　　除了描繪物的外表，最重要的還是形容物與人的關係。不論是靜態或動態的物，都是由「人」來購買、收受、使用、畜養與製造的，物與人如此緊密，文章就應該道出物與人的連結。比如琦君的散文〈一對金手鐲〉，就是由「金手鐲」聯繫自己對兒時同伴阿月的情感和回憶。

琦君—金手鐲—阿月

3.運用修辭

　　狀物時，應多多運用譬喻、誇飾、轉化等修辭，豐富我們的表達，增加讀者對物的了解。譬喻使讀者聯想到相關的物，讓想像更具體；誇飾可將物的特徵放大；轉化使我們轉換其他的角度來看物。例如余光中的詩〈珍珠項鍊〉：「每一粒，晴天的露珠／每一粒，陰天的雨珠／分手的日子，每一粒／牽掛在心頭的念珠／串成有始有終的這一條項鍊／依依地靠在你心口……」將珍珠比喻爲露珠、雨珠和念珠，分別代表了與妻子分離的日子和心頭的想念。

4.由外而內

　　無論是描繪哪一種「物」，我們都能從它的來歷、外觀、功能，刻劃出物的內在意義，這是一種「由外而內」的寫法，同時也是觀察事物的順序，有如剝筍般層層揭露物的真實面貌。以「我最喜歡的東西」為例，描寫一個藍色的陶笛，每當吹奏它，就想到鄰居大哥的笑容和小時候的回憶。開頭描寫這件物品的外觀和功能，中間敘述得到它的經過和你的欣喜之情，最後說明這件物品對你的意義。

5.物與人、事

　　「人」獲得和使用「物」，「事」則用來說明人與物的互動，所以一篇狀物的文章，一定是人、事、物三者兼具，缺一不可，即使用擬人法寫物，也會書寫人與物的互動。以題目「我最喜歡的植物」為例，開頭先寫你最喜歡的植物是小草，形容它的樣子；中間描述和植物之間發生的事，比如看見小草鑽出水泥牆的縫隙，奮力不懈的樣子；最後道出從小草得到的啟發。

小朋友 ＋ 看著草 ＋ 小草
→ 啟發

名篇選讀

1.落花生 / 許地山

▶經典原文

　　我們屋後有半畝[1]隙地[2]。母親說：「讓它荒蕪[3]著怪可惜，既然你們那麼愛吃花生，就闢[4]來做花生園罷。」我們姊弟幾個都很喜歡——買種的買種，動土的動土，灌園的灌園；過不了幾個月，居然收穫了！

　　媽媽說：「今晚我們可以做一個收穫節，也請你們爹爹來嘗嘗我們的新花生，如何？」我們都答應了。母親把花生做成好幾樣食品，還吩咐[5]這集會要在園裡的茅亭舉行。

　　那晚上的天色不大好，可是爹爹也到了，實在很難得！爹爹說：「你們愛吃花生嗎？」

　　我們都爭著答應：「愛！」

　　「誰能把花生的好處說出來？」

　　姊姊說：「花生的氣味很美。」

1　畝：音ㄇㄨˇ，量詞，計算面積的單位。一公畝等於一百平方公尺，一市畝等於六千平方市尺。古代以縱橫五尺為方步，二百四十方步為畝。

2　隙地：空著的地方。

3　荒蕪：土地因無人管理而雜草叢生。

4　闢：開墾。

5　吩咐：音ㄈㄣ ㄈㄨ，叮囑，多指長輩囑告晚輩，含有命令、派遣的語氣。

哥哥說：「花生可以製油。」

我說：「無論何等人都可以用賤價[6]買它來吃；都喜歡吃它。這就是它的好處。」

爹爹說：「花生的用處固然很多，但有一樣是很可貴的。這小小的豆不像那好看的蘋果、桃子、石榴，把它們的果實懸[7]在枝上，鮮紅嫩綠的顏色，令人一望而發生羨慕的心。它只把果子埋在地下，等到成熟，才容人把它挖出來。你們偶然看見一棵花生瑟縮[8]地長在地上，不能立刻辨出它有沒有果實，必得等到你接觸它，才能知道。」

我們都說：「是的。」母親也點點頭。爹爹接下去說：「所以你們要像花生；因為它是有用的，不是偉大、好看的東西。」我說：「那麼，人要做有用的人，不要做偉大、體面的人了。」爹爹說：「這是我對於你們的希望。」

我們談到夜闌[9]才散，所有的花生食品雖然沒有了，然而父親的話現在還印在我心版[10]上。

6　賤價：低於合理的價格。
7　懸：音ㄒㄩㄢ，掛，繫。
8　瑟縮：音ㄙㄜˋ ㄙㄨㄛ，蜷縮、不伸展的樣子。
9　夜闌：夜深。闌，音ㄌㄢˊ。
10　心版：心田，心中。

▶認識名家

　　許地山（1894～1941年），名贊堃（ㄎㄨㄣ），字地山，筆名落花生（落華生），以字行，臺灣臺南人。1921年，許地山和沈雁冰、葉聖陶、鄭振鐸等十二人，在北京成立文學研究會，創辦《小說月報》。1935年出任香港大學中文系主任，進行教育改革，此後便住在香港，直至逝世。

　　許地山創作多以臺、閩、粵和東南亞、印度為背景。主要有《空山靈雨》、《綴網勞蛛》、《危巢墜簡》、《道學史》、《達衷集》、《印度文學》、《命命鳥》、《解放者》等。譯有《孟加拉民間故事》、《二十夜問》、《太陽底下降》、《世界名歌一百曲集》第一冊等。演講稿有《宗教底婦女觀》、《女子底服飾》、《英雄造時勢與時勢造英雄》等。據說張愛玲就讀港大時，其散文〈更衣記〉簡述中國三百年來的婦女衣裝，普遍被認為曾受許地山研究的影響。

▶題解

　　〈落花生〉出自《許地山選集》。作者許地山，以筆名為「落華生」撰文。文章從父親談論落花生的品格中，領悟到做人應該不求虛名、默默奉獻的道理。全篇圍繞著「品格」加以發揮，將落花生的特質對應到人的品格上，敘述主次分明，所以篇幅雖然短小，卻給人鮮明的印象，使讀者也從中領悟到耐人尋味的哲理。

▶心智圖

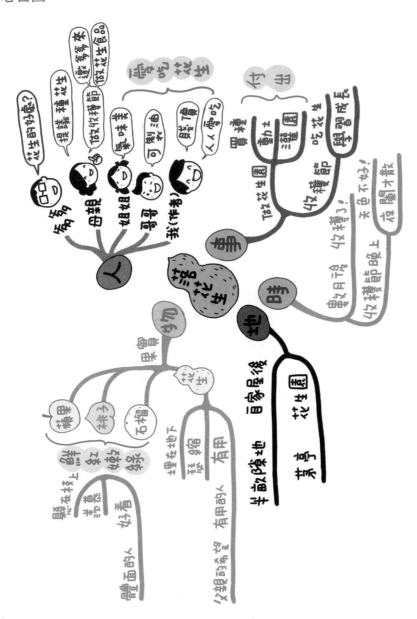

▶心智圖解讀：落花生

〈落花生〉一文，是由栽種花生、過收穫節兩部分所組成，但是文章的重點部分放在「過收穫節」的經過。那天晚上，作者的父親也來了，於是姊姊、哥哥、作者三人聽父親談花生的好處，從花生的「氣味很美」、「可以製油」、「價格便宜」等特點，進而深入地談到為人處世的領悟與學習。

解讀這篇文章，可從人、事、時、地、物來看。事件分為兩部分，一是母親主張利用屋後的「半畝隙地」做花生園，全家一起栽種。二是描述花生收成後，全家舉辦收穫節來慶祝的實況。從耕作花生的過程：買種、動土、灌園中，孩子們學會了在努力付出之後，才能品嚐收穫的果實，這是文章一開始設定的伏筆，目的是為了帶出後文：從收穫節「學習成長」的主題。

文章的人物分別是作者的父母親、姊姊、哥哥和作者，藉著人物的對話來塑造他們的形象特色、價值觀等。姊姊說：「花生的氣味很美。」是從審美的角度來欣賞花生。哥哥說：「花生可以製油。」是從實用的觀點看花生。作者說：「無論何等人都可以用賤價買它來吃，都喜歡吃它。」則點出了花生「平易近人」、「平凡卻實用」的好處。

但是作者的父親更深入地談到花生的可貴，他以好看的蘋果、桃子、石榴來和花生比較。水果鮮紅嫩綠的顏色，高調地生長在枝頭上，「令人一望而發生羨慕的心」，自然不是樸素的花生可比擬的。但是花生「只把果子埋在地下，等到成熟，才容人把它挖出來」，這種低調、樸實的特性，卻深受父親的讚賞，並且以花生為喻，教養子女，期望他們要像花生，「因為它是有用的，不是偉大、好看的東

西」。在這裡，父親並非一味否定鮮豔的果實，而是強調所有事物應該追求的是更實在的本質。人究竟要做體面的人，還是做個有用的人？引發我們的深思。

　　在父親的循循善誘下，作者感悟到落花生的價值。花生不追求外表的華美，而重視內在的實用，它不是外表好看而對社會無用的事物，這便是文章的主旨。因此，作者下了一個註解：「那麼，人要做有用的人，不要做偉大、體面的人了。」說明了人生的道理：一個人的外表雖然長得平凡，可是心靈可以寬闊、偉大，成為人們尊敬的人。人不必刻意追求偉大，只要每分鐘做好自己，盡責任和本分，腳踏實地就可以了，這便是作者的父親對子女們的期望。

　　收穫節的時間，是在開始栽種花生數個月後的某個晚上，作者的母親定為「收穫節」。這天的「天色不大好」，但是作者全家人卻聊到了「夜闌」才散，表現出一家人親密交流、孩子們收穫滿滿的溫馨感覺。這天，作者不只滿足了吃花生食品的口腹之慾，聆聽父親一番深刻的教誨，也使他的心靈感到滿足，自家簡陋的後院，勝過了堂皇的屋宇，這是極其快意和盡興的一場「宴會」。

　　許地山的文筆風格樸素無華，用字遣詞淺白易懂，以生活化的情節帶出深刻的道理，啟發無數的讀者，一如他筆下所描述的落花生，是那麼平凡、實用，也是那麼的深刻。

▶修辭散步

1. 對話：透過人物彼此的對話來推動情節，表現人物的個性和思想。

　　　　如：（爸爸說）「誰能把花生的好處說出來？」（父親教育子女）姊姊說：「花生的氣味很美。」（姊姊感性），哥哥說：「花生可以製油。」（哥哥重實用）我說：「無論何等人都可

以用賤價買它來吃；都喜歡吃它。這就是它的好處。」（作者喜歡平實的事物）

2. 譬喻：如：「你們要像花生。」

3. 擬人：如：「它只把果子埋在地底，等到成熟，才容人把它挖出來。」

4. 對比：如：「這小小的豆不像那好看的蘋果、桃子、石榴，把它們的果實懸在枝上，鮮紅嫩綠的顏色，讓人一望而發生羨慕的心。它只把果子埋在地底，等到成熟，才容人把它挖出來」（鮮豔的蘋果、桃子、石榴，對照平實低調的花生）。

5. 排比：如：「所以你們要像花生；因為它是有用的，不是偉大、好看的東西」和「那麼，人要做有用的人，不要做偉大、體面的人了。」

我們屋後有半畝隙地，母親說：「就闢來做花生園罷。」

爸爸說：「誰能把花生的好處說出來？」

花生有一樣是很可貴的，它只把果子埋在地下等人挖出來。

爸爸說：「所以你們要像花生，因為它是有用的。」

▶文學遊戲場

一、閱讀素養

（　　）1. 〈落花生〉作者的父親以蘋果、桃子、石榴和花生比較，用意為何？

(A) 突顯花生的不起眼。

(B) 強調蘋果、桃子、石榴的鮮豔奪目。

(C) 形容花生的滋味比蘋果、桃子、石榴可口許多。

(D) 比喻真正有內涵的人，是低調而樸實的。

（　　）2. 許地山的父親對子女有什麼期望？

(A) 為人要腳踏實地而令人尊敬。

(B) 要做大事，不要做大官。

(C) 望子成龍，望女成鳳。

(D) 十年寒窗無人問，一舉成名天下知。

二、向大師學寫作

作文題目：

　　植物能美化環境，栽花則能培養生活情趣，臺灣得天獨厚，擁有溫暖的氣候與多變的地貌，能夠孕育出各式各樣的植物。在這麼多種花草當中，你最喜歡哪種植物？請以「我最喜歡的植物」為題，描寫、敘述喜愛它的原因和想法。

作文提示：

　　審題：除了描寫植物的外觀，還要寫出欣賞植物時的感受及影響。如果能點出植物的作用，比喻自己，就能成功地帶出自己的心路歷程。開頭：是用問答法，先用問句勾起讀者的好奇，顛覆一般以花或鳥來迎春的思考，將這個植物當作春天的使者。經過：用了特寫法，對這個植物的顏色、特性及在風雨中的模樣，細膩地描繪出來，並從植物的身上啓發頓悟。結尾：運用讚美法，呼應第一段，強調自己最喜歡的是這種植物，以擬人化寫法讚美它，鼓舞自己。

三、心智圖練習

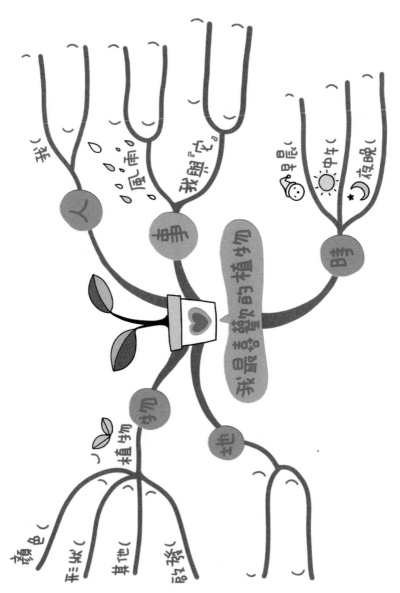

我最喜歡的植物

人
　球（　）
　風雨（　）
　我的『心』（　）

事

時
　早晨（　）
　中午（　）
　夜晚（　）

物
　植物（　）

地

　顏色（　）
　形狀（　）
　其他（　）
　味道（　）

提示：從人、事、時、地、物五個方向來構思內容，完成後，再組織成一篇文章。

名篇選讀

2.鋼鐵假山 / 夏丏尊

▶經典原文

　　案頭¹有一座鋼鐵的假山，得之不費一錢，可是在我室內的器物裡面，要算是最有重要意味的東西。

　　它的成為假山，原由於我的利用，本身只是一塊粗糙的鋼鐵片，非但不是什麼「吉金樂石」，說出來一定會叫人髮指²，是一二八之役³日人所擲的炸彈的裂塊。

　　這已是三年前的事了。日軍才退出，我到江灣立達學園去視察被害的實況，在滿目悽愴⁴的環境中徘徊⁵了幾小時，歸途拾得這片鋼鐵回來。這種鋼鐵片，據說就是炸彈的裂塊，有大有小，那時在立達學園附近觸目皆是。我所拾的只是小小的一塊，闊約六寸，高約三寸，厚約二寸，重約一斤。一面還大體保存著圓筒式的弧形，從弧線的圓度推測，原來的直徑應有一尺光景，不

1　案頭：桌上。

2　髮指：頭髮上指，形容盛怒的樣子。

3　一二八之役：日本稱上海事變或第一次上海事變。1932年初，日本帝國主義製造「一二八」事變，發動侵略中國上海之戰爭，這是中華民族反對日本侵略的自衛戰爭。

4　悽愴：音ㄑ一ㄔㄨㄤ，淒涼悲傷。

5　徘徊：音ㄆㄞˊㄏㄨㄞˊ，來回走動。

知是多少磅[6]重的炸彈了。另一面是破裂面，削凹凸，有些部分像峭壁，有些部分像危岩，鋒棱[7]銳利得同刀口一樣。

江灣一帶曾因戰事炸毀過許多房子，炸殺過許多人。僅就立達學園一處說，校舍被毀的過半數。那次我去時，瓦礫場上還見到未被收殮[8]的死屍。這小小的一塊炸彈裂片，當然參與過殘暴的工作，和劊子手所用的刀一樣，有著血腥氣的。論到證據的性質，這確是「鐵證」了。

我把這鐵證放在案頭上作種種的聯想，因為鋒棱又銳利擺不平穩，每一轉動，桌上就起磨損的痕跡。最初就想配了架子當作假山來擺。繼而覺得把慘痛的歷史的證物，變裝為古董性的東西，是不應該的。古代傳下來的古董品中，有許多原是歷史的遺跡，可是一經穿上了古董的衣服，就減少了歷史的刺激性，只當作古董品被人玩耍了。

這塊粗糙的鋼鐵，不久就被我從案頭收起，藏在別處，憶起時才取出來看。新近搬家整理物件時，被家人棄置在雜屑簍裡，找尋了許久才發現。為永久保藏起

---

6 磅：量詞，英美計算重量的單位，為英語pound的音譯。常衡一磅等於零點四五三六公斤，金屬衡一磅合零點三七三二公斤。

7 鋒棱：指器物的尖銳部分。棱，音ㄌㄥˊ。

8 收殮：把屍體裝到棺材裡去。殮，音ㄌㄧㄢˋ。

見，頗費過些思量。擺在案頭吧，不平穩，而且要擦傷桌面。藏在衣箱裡吧，防鐵鏽沾惹壞衣服，並且拿取也不便。想來想去，還是去配了架子當作假山來擺在案頭好。於是就託人到城隍廟一帶紅木鋪去配架子。

現在，這塊鋼鐵片已安放在小小的紅木架上，當作假山擺在我的案頭了。時間經過三年之久，全體蓋滿了黃褐色的鐵鏽，凹入處鏽得更濃。碎裂的整塊的，像沈石田[9]的峭壁，細雜的一部分像黃子久[10]的皴法[11]，峰岡起伏的輪廓有些像倪雲林[12]。客人初見到這座假山，都稱讚它有畫意，問我從什麼地方獲得。家裡的人對它也重視起來，不會再投入雜屑簍裡去了。

這塊鋼鐵片現在總算已得到了一個處置和保存的方法了，可是同時卻不幸地著上了一件古董的衣裳。爲減

---

9 沈石田：沈周（1427～1509年），字啓南，號石田、白石翁、玉田生、有竹居主人等，長洲（今江蘇蘇州）人。明代書畫家，享年八十二歲（虛八十三歲）。不應科舉，專事詩文、書畫，是明代中期文人畫「吳派」的開創者，與文徵明、唐寅、仇英並稱「明四家」。

10 黃子久：黃公望（1269～1354年），元代畫家。本姓陸，名堅，江浙行省常熟縣人。改姓黃，名公望，字子久，號一峰、大癡道人。擅畫山水，師法董源、巨然，兼修李成法，得趙孟頫指授。所作水墨畫筆力老到，簡淡深厚。又於水墨上略施淡赭，世稱「淺絳山水」。晚年以草籀筆意入畫，氣韻雄秀蒼茫，與吳鎮、倪瓚、王蒙合稱「元四家」。

11 皴法：皴，ㄘㄨㄣ。國畫山水樹石中，表現凹凸陰陽之感及線條、紋理、形態等的筆法。如披麻皴、荷葉皴、褶帶皴、解索皴、捲雲皴等。

12 倪雲林：初名珽，字泰宇，後字元鎮，號雲林子、荊蠻民、幻霞子等，江蘇無錫人。元代畫家、詩人。家富，博學好古，四方名士常至其門。元順帝至正初忽散盡家財，浪跡太湖。擅畫山水、墨竹，師法董源，受趙孟頫影響。早年畫風清潤，晚年變法，平淡天真。以側鋒幹筆作皴，名為「折帶皴」。墨竹偃仰有姿，寥寥數筆，逸氣橫生。書法從隸入，有晉人風度，亦擅詩文。與黃公望、王蒙、吳鎮合稱「元四家」。

少古董性顯出歷史性起見，我想寫些文字上去，使它在人的眼中不僅是富有畫意的假山。

寫些什麼文字呢？詩歌或銘[13]嗎？我不願在這嚴重的史蹟上弄輕薄[14]的文字遊戲，寧願老老實實地寫幾句記實的話。用什麼來寫呢？墨色在鐵上是顯不出的，照理該用血來寫，必不得已，就用血色的朱漆吧。今天已是二十四年的一月十日了，再過十八日，就是今年的「一二八」。我打算在「一二八」那天來寫。

▶認識名家

夏丏尊（1886～1946年），本名夏鑄，字勉旃（ㄓㄢ），號悶庵，浙江上虞人。他是文學家，更是有理想、有抱負的教育家，一生以從事教育為志向。曾翻譯義大利人亞米契斯的名著《愛的教育》（*The Heart of a Boy*）[15]，是世界公認最富愛心和教育性的讀物。他在譯者序中說：「教育沒有了情愛，就成了無水的池，任你四方形也罷，圓形也罷，總逃不了一個空虛。」認為任何教育的出發點，都應該是為了「愛」。

夏丏尊的散文以白描為主，看似沒什麼精妙的技巧，其實他把「技巧」巧妙地隱藏在平實的文字中，字裡行間處處能見到溫暖的人間情懷，給人淳樸之情和充實的力量。風格被稱為「白馬湖派」。作

---

13 銘：文體名，刻在器物或石碑上，警惕自己或讚頌他人的文字。

14 輕薄：對人不尊重、不禮貌。

15 愛的教育：作者義人亞米契斯（Edmondo de Amicis），藉一個小男孩的眼光，記錄學校生活的點滴，傳達可貴的教育理念。

品有《平屋雜文》、《文章作法》、《現代世界文學大綱》、《閱讀與寫作》、《夏丏尊選集》、《夏丏尊文集》，譯有《愛的教育》、《近代日本小說集》等書。

▶題解

　　〈鋼鐵假山〉出自《平屋雜文》。作者從一塊炸彈的裂塊觸發，想到了1932年的「一二八」之役。在日軍侵略後，作者到江灣立達學園視察被戰火破壞的實況，在滿目瘡痍的環境中，拾了一塊山巒狀的鋼鐵塊回家，這就是日軍投下的炸彈的碎片，是慘痛歷史的證物。他把它命名為「鋼鐵假山」，並將自己對這段歷史的感慨與哀悼，寄託在文章中。

▶心智圖解讀：鋼鐵假山

　　夏丏尊這篇文章的背景，是發生於一九三二年的「一二八事變」，該年一月二十八日日本悍然出兵侵略上海，上海軍民紛紛奮起反抗。「一二八」事變在當時的爆發有著深刻政治背景，在「九一八事變」東北淪陷後，中國排日運動日盛，而日人進一步覬覦中國最大的經濟重心上海，因而藉故挑起戰端，造成中、日軍民嚴重傷亡。

　　初讀〈鋼鐵假山〉，不免會給人這樣一個印象：作者頗具閒情逸致，在戰火紛起、人民流離失所的時代，竟然有心思從廢墟中撿取「一二八」炮火中日本侵略的炮彈碎塊，不但如此，還將它當成一座假山，放置桌上，當作古董來欣賞，豈不是將戰爭的傷痕當休閒？其實，這正是文章故意設定的否定線索。

　　文章一開頭，作者以這個假山「得之不費一錢，可是在我室內的器物裡面，要算是最有重要意味的東西」，帶出假山的鋼鐵，原是

▶心智圖

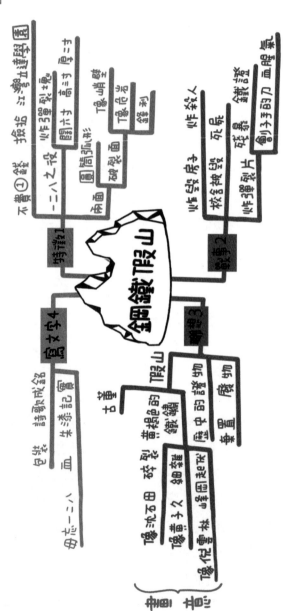

「一二八」之役日人所擲炸彈的碎片，而後隨即透過倒敘的方式，將時間帶回三年前戰役剛剛過後。這片碎片，是作者在被摧殘後的江灣立達學園中所拾獲。所拾的「小小的一塊」，對照文中所言「多少磅重的炸彈」，正有以小喻大、不可抹滅的「鐵證」之意。作者將它撿回，放在案頭上把玩，自然有睹物警惕之意，但家人大概也不滿於這種表面的「閒情逸致」，也容易讓人聯想起戰火時的驚惶，於是便將其棄置在雜屑簍裡。

還好，作者又將其拾回，並且為了長久之計，派人到城隍廟一帶的紅木鋪，配上了一個紅木架。在這裡，文章暗示我們，作者並不希望自己，甚或是所有中國人，忘卻了這個戰役所留下的苦痛。「假山」在一般的認知中，指的是園林中的造景，其實還有用土石堆成，軍事上作為地下基地或火箭發射口的假山。在這裡，「鋼鐵假山」顯然有著後面一層的涵義。

當這塊碎片被當作假山擺在案頭，而且經歷三年，長滿紅鏽之後，作者再度靜觀這鋼鐵假山，他發現：「碎裂的整塊的，像沈石田的峭壁，細雜的一部分像黃子久的皴法，峰岡起伏的輪廓有些像倪雲林。」這些比喻，是將歷史的遺物聯想至文人雅士賞玩的古董，讓這片炸彈碎片「不幸地著上了一件古董的衣裳」，家人和客人都是從這視角觀察鋼鐵假山的。

作者對這個現象十分擔心，因為他的用意完全不是這樣，他想保留的是戰火的遺跡，以及人類自相殘殺的血淚印記，更是國仇家恨的歷史教訓。然而，大部分的人卻極容易忘卻慘痛的歷史，容易拋棄血淋淋的真相。因此，文章的最後，他說：「我不願在這嚴重的史蹟上弄輕薄的文字遊戲，寧願老老實實地寫幾句記實的話。」因此，作者

拋棄了詩歌或銘的方式，而以嚴肅的心情寫下了這篇散文，目的便是在「記實」，不使歷史真相因為文學手法過度的包裝或婉曲，而表現失真。

更有甚者，作者還進一步運用了層遞法，強調光憑墨色書寫於鐵上是顯現不出來的，這樣的歷史教訓應該用「血」來書寫，也就是紅色的「朱漆」。豔紅的漆字在烏黑的鋼鐵上，點染出血與淚的真實，不僅銘刻在作者的心上，更希望能夠銘刻在讀者的心上，因為歷史不能遺忘，真相必須記取。可以說，在這篇文章裡，文學大師夏丏尊從一片小碎片出發，以看似冷靜卻熱血的筆法，為我們記錄下重要的歷史片刻，以及身居其中知識份子們的熾熱胸懷。

▶修辭散步

1. 誇飾：如：「說出來一定會叫人髮指。」

2. 譬喻：如：「有些部分像峭壁，有些部分像危岩，鋒棱銳利得同刀口一樣。」

3. 雙關：一語同時關顧到兩種事物，或兼含兩種意義。如：「論到證據的性質，這確是『鐵證』了」（證據上的鐵證與本身的鋼鐵材質）。

4. 轉化：為用物擬人，用人的特性來描寫物，使物具有人的特性。如：「一經穿上了古董的衣服，就減少了歷史的刺激性」、「不幸地著上了一件古董的衣裳」。

5. 排比：如：「碎裂的整塊的，像沈石田的峭壁，細雜的一部分像黃子久的皴法，峰岡起伏的輪廓有些像倪雲林」（排比＋譬喻）。

6. 設問：如：「寫些什麼文字呢？詩歌或銘嗎？」「用什麼來寫呢？」（提問）

案頭有一座鋼鐵的假山，是「一二八」之役日人所擲的炸彈的裂塊。

我到學校視察被害的實況，在滿目悽愴中拾得這片鋼鐵回來。

這塊鋼鐵曾被家人棄置在雜屑簍裡，也曾被客人稱讚它有畫意。

我想用朱漆寫文字上去，使它在人的眼中不僅是富有畫意的假山。

▶文學遊戲場

一、閱讀素養

（　　）1. 以下為〈鋼鐵假山〉一文的主旨，何者為真？

(A) 鋼鐵片是食之無味、棄之可惜的物品。

(B) 鋼鐵片是「一二八事變」日本所擲炸彈的碎片，是日軍侵略的「鐵證」。

(C) 鋼鐵片寄寓著作者銘記歷史、毋忘國恥的收藏意圖。

(D) 鋼鐵片是得之不易的古董，造型具有畫意。

（　　）2. 到了文末，作者想表達的事情是什麼？

(A) 提醒國人不要忘記與日本的仇恨。

(B) 要時常警惕日本帝國主義復活，維護世界和平。

(C) 不應當隨意將戰場上的遺物帶回家。

(D) 提醒人們歷史容易被淡忘，真相應該被保存下來。

二、向大師學寫作

作文題目：

　　有些物品隨著時間流逝，還伴隨了我們的情感與回憶，例如一張卡片、一張照片、一雙球鞋等等。你心中最喜愛的物品是什麼？請以「我最愛的物品」為題，描述這件物品的外觀，以及與物品相關的經驗和感受。

作文提示：

　　審題：只要寫出物品與你之間發生的事，就是正確的寫作方向。取材上，應選擇與生活貼近的物品來寫，同時也帶出與物品相關的人物，以回憶懷舊的情感來書寫。開頭：使用反起法，先從反面寫起，說自己原本沒想到擁有這件物品，像寫謎語的方式，先描述特徵，在最後一兩句才揭曉物品的「身份」。經過：用對話法，利用人物的對話來推動情節、帶出送這件物品的人，或是以故事法，描述購買這件物品的經過，然後點出物品的象徵意義。結尾：運用讚美法，對物品加以讚美，並從物品上面反省自我，得到自我成長的體悟。

三、心智圖練習

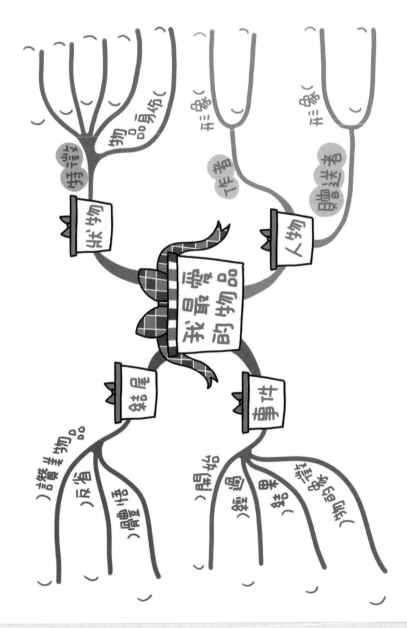

提示：可任意決定「狀物」、「人物」、「事件」的寫作次序，故事的呈現便有不同的感覺。

154

名篇選讀

3.風箏 / 魯迅

▶經典原文

　　北京的冬季，地上還有積雪，灰黑色的禿樹枝丫叉於晴朗的天空中，而遠處有一二風箏浮動，在我是一種驚異和悲哀。

　　故鄉的風箏時節，是春二月，倘聽到沙沙的風輪聲，仰頭便能看見一個淡墨色的蟹風箏或嫩藍色的蜈蚣風箏。還有寂寞的瓦片風箏，沒有風輪，又放得很低，伶仃[1]地顯出憔悴可憐模樣。但此時地上的楊柳已經發芽，早的山桃也多吐蕾，和孩子們的天上的點綴相照應，打成一片春日的溫和。我現在在哪裡呢？四面都還是嚴冬的肅殺，而久經訣別的故鄉的久經逝去的春天，卻就在這天空中蕩漾了。

　　但我是向來不愛放風箏的，不但不愛，並且嫌惡他，因爲我以爲這是沒出息孩子所做的玩藝。和我相反的是我的小兄弟[2]，他那時大概十歲內外罷，多病，瘦得不堪，然而最喜歡風箏，自己買不起，我又不許放，

1　伶仃：音 ㄌㄧㄥˊ ㄉㄧㄥ，孤苦無依的樣子。
2　小兄弟：指魯迅的三弟周建人，字喬峰，生物學家，曾擔任商務印書館編輯。

他只得張著小嘴，呆看著空中出神，有時至於小半日。遠處的蟹風箏突然落下來了，他驚呼；兩個瓦片風箏的纏繞解開了，他高興得跳躍。他的這些，在我看來都是笑柄[3]，可鄙[4]的。

有一天，我忽然想起，似乎多日不很看見他了，但記得曾見他在後園拾枯竹。我恍然大悟似的，便跑向少有人去的一間堆積雜物的小屋去，推開門，果然就在塵封的什物堆中發現了他。他向著大方凳，坐在小凳上；便很驚惶地站了起來，失了色瑟縮著。大方凳旁靠著一個胡蝶風箏的竹骨，還沒有糊上紙，凳上是一對做眼睛用的小風輪，正用紅紙條裝飾著，將要完工了。我在破獲祕密的滿足中，又很憤怒他的瞞了我的眼睛，這樣苦心孤詣[5]地來偷做沒出息孩子的玩藝。我即刻伸手折斷了胡蝶的一支翅骨，又將風輪擲在地下，踏扁了。論長幼，論力氣，他是都敵不過我的，我當然得到完全的勝利，於是傲然走出，留他絕望地站在小屋裡。後來他怎樣，我不知道，也沒有留心。

然而我的懲罰終於輪到了，在我們離別得很久之後，我已經是中年。我不幸偶爾看了一本外國的講論兒

3　笑柄：可藉以取笑的題材。

4　可鄙：令人鄙視。

5　苦心孤詣：費盡心思，專心研究，達到他人無法並駕齊驅的境地。詣，音一ˋ。

童的書，纔[6]知道遊戲是兒童最正當的行為，玩具是兒童的天使。於是二十年來毫不憶及的幼小時候對於精神的虐殺的這一幕，忽地在眼前展開，而我的心也彷彿同時變了鉛塊，很重很重地墮[7]下去了。

但心又不竟墮下去而至於斷絕，他只是很重很重地墮著，墮著。

我也知道補過[8]的方法的：送他風箏，贊成他放，勸他放，我和他一同放。我們嚷著、跑著，笑著。——然而他其時已經和我一樣，早已有了鬍子了。

我也知道還有一個補過的方法的：去討他的寬恕，等他說，「我可是毫不怪你呵。」那麼，我的心一定就輕鬆了，這確是一個可行的方法。有一回，我們會面的時候，是臉上都已添刻了許多「生」的辛苦的條紋，而我的心很沉重。我們漸漸談起兒時的舊事來，我便敘述到這一節，自說少年時代的胡塗。「我可是毫不怪你呵。」我想，他要說了，我即刻便受了寬恕，我的心從此也寬鬆了吧。

「有過這樣的事麼？」他驚異地笑著說，就像旁聽著別人的故事一樣。他什麼也不記得了。

---

6 纔：音ㄘㄞˊ，同「才」。

7 墮：音ㄉㄨㄛˋ，掉落。

8 補過：補救，彌補。

　　全然忘卻，毫無怨恨，又有什麼寬恕之可言呢？無怨的恕，說謊罷了。

　　我還能希求什麼呢？我的心只得沉重著。

　　現在，故鄉的春天又在這異地的空中了，既給我久經逝去的兒時的回憶，而一併也帶著無可把握的悲哀。我倒不如躲到肅殺的嚴冬中去罷，──但是，四面又明明是嚴冬，正給我非常的寒威和冷氣。

▶認識名家

　　魯迅。參見p.50。

▶題解

　　〈風箏〉出自《野草》。作者以「風箏」為引線，對自己曾經無情、粗魯地對待弟弟，做了深刻的反省。透過個人，看到傳統的倫理道德下的社會面貌，這種威權式的管理、長幼尊卑的秩序，對孩童是何等的殘酷，不知不覺扼殺了兒童的天性。作者透過這樣的自省，挖掘出更深層的社會弊病。

▶心智圖

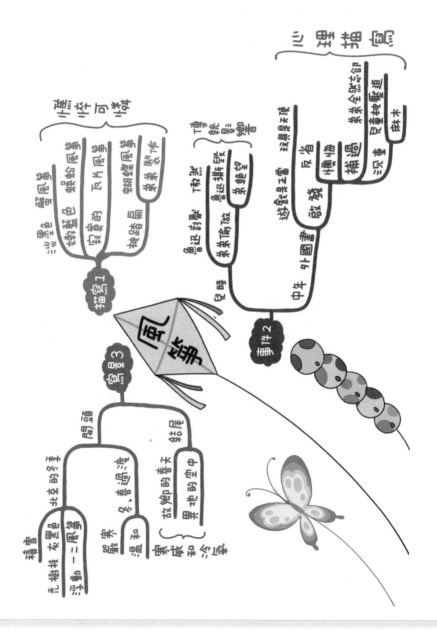

▶心智圖解讀:風箏

　　這是一篇自省性質的散文,以「風箏」為主線來發展情節。敘述往事,以及偶爾停下來在細微處描繪,是本文的特色。文章開頭先概括的寫景,從北京的冬季、晴朗的天空中,有「一二風箏浮動」,使作者引起了「一種驚異和悲哀」。接著,以一段對故鄉風箏時節的回憶,說明悲哀的原因。

　　此外,作者又以各種形容詞來形容所見的各類風箏:淡墨色的蟹風箏、嫩藍色的蜈蚣風箏、寂寞的瓦片風箏,還有後文被踏扁的蝴蝶風箏,在作者眼中都是「伶仃地顯出憔悴可憐模樣」。天上的風箏和地上的景物、孩子、嚴冬的肅殺感覺,交織出不祥的預感,為後文的事件預先埋下伏筆,作者在這裡不單純是抒發對故鄉的懷念,而是想起小時候欺凌弟弟的往事。

　　在第三段以後,作者敘述欺壓弟弟的經過,並且深深地懺悔。過去,作者一直認為放風箏「是沒出息孩子所做的玩藝」,身為兄長,應該嚴格管束弟弟,所以無視弟弟對玩耍的需求,只是指望弟弟能夠「有出息」一點。現在反思起來,當年的作者自己,其實是受到傳統觀念所支配。在他將弟弟製作的風箏撕毀時,他想到「論長幼,論力氣,他是敵不過我的」,這是長幼之間不講情理的倫理秩序,也是以強欺弱的行徑。魯迅將自己寫得很粗暴,然而越是粗暴,越是能看見他在字裡行間自我譴責的意味。

　　在三到五段之間,作者以白描的手法,將人物形象、性格等刻劃得栩栩如生。他描寫「十歲內外」、「多病,瘦得不堪」的小弟,「張著小嘴,呆看著空中出神」,為別人放的風箏「驚呼」、「跳躍」的模樣,只有幾筆勾勒,就把孩童單純無邪的形象表現了出來。

在第五段，當弟弟做風箏的祕密被作者發現時，他描繪弟弟的神情：「他向著大方凳，坐在小凳上；便很驚惶地站了起來，失了色瑟縮著。」窘迫不堪的樣子，令人覺得可憐。而作者毀壞了弟弟即將完成的風箏，「傲然走出」屋子，「留他絕望地站在小屋裡」，更加強了弟弟驚懼、絕望的形象，兄、弟的舉止行為互相對照，突顯了作者的蠻橫與弟弟的柔弱、可憐。「精神虐殺」的這一段，說明了魯迅的兄弟之情、遊戲之於兒童的意義，以及魯迅的自省精神。

在文章最後幾段，魯迅對自己的行為有深刻的剖析，心理描寫也很出色。從弟弟放風箏的角度看，「遊戲是兒童最正當的行為，玩具是兒童的天使」，遊戲可以培養孩子的創造力，是健康的行為，因此不准兒童放風箏、玩遊戲，無異是「精神的虐殺」。魯迅看到國外的兒童教育書籍後，才真正體悟到中國傳統舊教育的落後，而感到「心彷彿同時變了鉛塊，很重很重地墮下去了」，著重地呈現了作者沉重的心情。

文章更深刻之處，還有魯迅對小弟受到欺凌，後來卻「忘記」、「毫無怨恨」的深沉感慨。作者發現，成年後的小弟已經全然忘卻這段往事，探究原因，原來在傳統觀念的影響下，小弟躲起來偷做風箏，自己也認為不正當，所以對兄長的「教訓」並不耿耿於懷。兒童被壓迫的麻木，使壓迫的成人可以恣意妄為，尤其令人悲哀，所以魯迅只覺得這世界是一片「寒威和冷氣」，文章的結尾就歸結在這一點上，留下了悲哀的餘韻。

善於剖析自己的魯迅，通過對這事件的反思，抨擊了傳統觀念與倫理的弊病，引發了令人深思的問題，我們應該如何保護孩子的天性？如何讓孩子在自由的天地中生活和生長？文章的思想是深刻的，情感是沉重的，是一篇深入淺出、語重心長的好文。

▶修辭散步

1. 感官描寫：如：「灰黑色的禿樹枝丫叉于晴朗的天空中，而遠處有
   一二風箏浮動」、「仰頭便能看見一個淡墨色的蟹風箏或
   嫩藍色的蜈蚣風箏」（視覺）、「倘聽到沙沙的風輪聲」
   （聽覺）等。

2. 擬人：如：「還有寂寞的瓦片風箏，沒有風輪，又放得很低，伶仃地
   顯出憔悴可憐模樣。」

3. 設問：如：「我現在在哪裡呢？」「全然忘卻，毫無怨恨，又有什麼
   寬恕之可言呢？」「我還能希求什麼呢？」（提問）。

4. 排比：如：「遠處的蟹風箏突然落下來了，他驚呼；兩個瓦片風箏的
   纏繞解開了，他高興得跳躍。」

5. 譬喻：如：「而我的心也彷彿同時變了鉛塊，很重很重地墮下去
   了。」

故鄉的風箏時節是春二月，仰頭便能看見遠處有一二風箏浮動。

我以為風箏是沒出息孩子所做的玩藝兒，小朋友卻最喜歡風箏。

兒時撕了你的風箏，很對不起。

有這種事嗎？

我伸手折斷了弟弟製作的蝴蝶風箏，留下他絕望地站在小屋裡。

弟弟成年後完全忘了這件事，我的心卻很沉重，就像窗外的嚴冬。

▶文學遊戲場

一、閱讀素養

（　）1. 魯迅過去很反對弟弟玩風箏，甚至撕毀弟弟的風箏，原因為何？

(A) 自認兄長有教訓弟弟的責任，希望弟弟成材。

(B) 魯迅本身的言行十分粗暴，經常霸凌弟弟。

(C) 受傳統觀念影響，認為放風箏的孩子沒出息。

(D) 本身不喜歡放風箏，因而也討厭弟弟玩。

（　）2. 弟弟成年後忘記「風箏事件」，也沒有怨言，為何魯迅認為這是最悲哀的？

(A) 弟弟當時年紀還小，不記得風箏事件了。

(B) 弟弟也受傳統觀念影響，認為自己不該玩風箏。

(C) 弟弟寬宏大量，選擇忘記與原諒。

(D) 弟弟尊重兄長，順服於兄長的教訓。

二、向大師學寫作

作文題目：

　　生活中經常會發生一些事情，能夠啟發我們的想法，促使我們成長，令人終生難忘。想一想，你曾經受到什麼事情的啟迪？請以「最懊悔的事」為題，敘述經歷這件事情的經過、得到的啟示和影響。

作文提示：

　　審題：應該選擇一件印象深刻的事來寫，這件事對你造成衝擊，影響你的人生觀。要將事件的經過敘述出來，並且著墨在個人的成長。開頭：使用比喻法，先將人生做個比喻，例如「人生就像是調味料，各種滋味無法預先知道」，必須親身體驗才能明白。經過：運用回憶法，將時間拉回到事發當時，開始敘述經過，取材上，要能從中提煉出「人生體悟」才好。結尾：用感想法，這類以「反省內心」為題材的文章，最適合用「倒反修辭」來自嘲、責備自己，可以突顯反省的誠懇，突出「啟示」的主旨。

三、心智圖練習

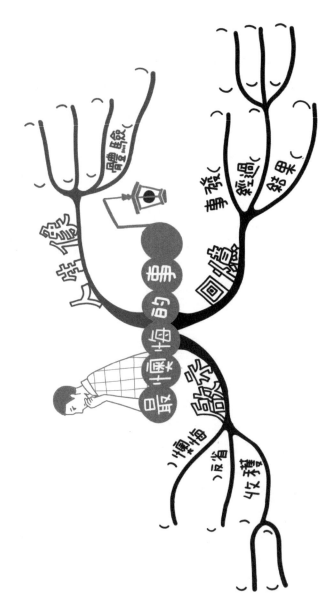

提示：在「回憶」下面，再分出第三層的小支幹，文章內容便會更豐富。

PART 5

想像力好好玩

抒發情意

觀念大聲說

▶為什麼需要抒情？

任何文章都包含了「情」，不只是抒情文，記敘文也常敘述令人感動的事，作為永恆的紀念；議論文雖然重視說「理」，但正因為我們對事物有所好惡，才會議論，說出自己的看法；應用文的書信更要用情，一封動人的信，能夠跨越時空的距離，聯繫彼此的心。

情感就像暗流，總是深藏在記憶之下，如波浪一樣或升或降，此起彼伏，不論是寫哪種情感，都必須發自內心流露出來，虛情假意的文章是無法打動讀者的。寫作時免不了要將情感融入字裡行間，所以我們應該熟悉「抒情」的方法，使文章具有打動人心的力量！

抒情文的段落結構

段落	一	二	三	四
結構	點出起因	發展過程	高潮轉折	結果感想
內容	描寫對象	引起觸發	抒發情感	訴說感懷

▶該怎麼描寫情意？

寫抒情文最常遇到的困難，就是找不到令人感動的事物，不是缺乏材料，就是內容少了情感，無法使人感動。其實，抒情文的材料就在日常生活中，可以描寫親情、朋友之間的友情，或是對社會事件發出評論，抒發關心之情。只要平日多多關懷周遭的事物，就不怕「無情可書」。

因為情感是透過人、景、物來觸發的，所以書寫時，我們應該先將這些引發情感的事物描繪清楚，再運用想像力，讓聯想自然地散發

開來，就像湖中的漣漪一般，讓抒發情感的依據有足夠的基礎，寫來就能真切動人，有憑有據。

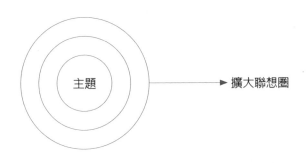

想把抒情文寫好，就要把握幾個要領，分別是因人生情、敘事傳情、感時訴情、詠物興情、借景抒情和情理兼具：

1.因人生情

主要書寫對人的感懷與思念。這類文章往往有生離死別的情境，或帶著深深的感謝。寫作重心多放在描寫人物的言行舉止、性格思想、相處細節等。從與人物相處的點點滴滴，或是對某人事蹟的了解，把我們對人物的感謝、崇敬或思念，娓娓道來，就能感受到那份深刻的情意。

以「春風化雨」為例，描寫的對象是「老師」。老師是我們在學習與生活上關係密切的人，舉一些和老師互動的例子，投入感受，就能寫得細膩動人。

2.敍事傳情

是藉著說一件事情，寄託我們的情感。表面好像只是在講事情，抒情的成分減少了，但其實是藉著幾件小事來表現感情。要訴說的「情」，最好能跟著「敍事」走，要「情隨事轉」，讓情感隨著事情的發展、經過和結果，有不同的轉折，才顯得出情感的波動。

通常作文都會要我們寫正面的事，像「一件感人的事」，充滿溫馨的氣氛，比如目擊到小學生扶老人家過馬路。有時作文也會需要寫悔過、反省的題材，如「一件後悔的事」，表達要「哀而不傷」、「怨而不怒」，將負面的情緒轉化爲樂觀、豁達，表現進取的精神。

3.感時訴情

時節，指二十四節氣，是從古時農作物耕作的情況來分的。春、夏、秋、冬，四季的流轉，影響了農作物的生長、收成，也改變了農民的生活。有些文章取材於時節，除了指季節，還包含了節慶，透過節日的意義帶出蘊藏背後的情感，寫出故事。

寫作時，首先要先了解節日的特色和意義，再舉出事實，描述在這個時間從事的活動。因爲節日都帶有特殊性，所以例子要緊扣著節日來發揮，然後自然地帶出你對節日的感受。

4.詠物興情

物品讓我們想到某個人或事，所以「物」就是情感的象徵，人對物產生的情感，是書寫的重點。「物」可分為無生命的物品，和有生命的植物、動物。「物品」要著重描述帶給你的意義；「植物」著重你對植物的觀察和描繪；「動物」著重與人的互動。

寫作時，要先描繪「物」的特徵，但是靠這樣還不夠，必須加上人和事才行。「人」是物的贈送者、買受人和擁有者，比如朋友送禮給你，朋友是贈送人，你就是禮物的擁有者；如果你買了一件物品，你就是物的買受人。只有將人、事、物融合在一起，才是文情並茂的抒情文。

5.借景抒情

如果你到了某個地方，看見美麗的風景，自然會對景物的美好產生感動，將觀察到的地理及季節變化，用文字寫下來，讓人感受內心的感情。描寫大自然，能引發我們不同的情懷；而生活其中的生物，也能引起聯想，比如喜鵲的報喜、杜鵑的哀鳴，都能帶來不同的情緒。

可以運用擬人法，將無生命的景，描繪得脈脈含情，讓星星對你眨眼，讓魚對你說話，情景交融，像莊子一樣，將萬物當作有情。取材上，需要累積生活經驗，我們平日對四季的景色、季節交替的變化，都要仔細地觀察，走出戶外，欣賞萬物之

美，寫作才有靈感。

6.情理兼具

　　有些文章雖然側重「議論」，但說理之餘不忘抒情，使得議論能因為情感的抒發而更有說服力。有些文章雖然著重「抒情」，但如果能從情感層面挖掘「理趣」，文章就會呈現趣味性。

　　先情後理的寫法，是先將情感表達後，再從情感昇華出事理。至於先理後情，就要先將重心放在「議論」，「情感」的比重較低，是透過說理表現熱烈的情感，或對他人的關懷。寫作時，可將情感與議論分段寫，也可以融合在一起，這就是軟性的議論文。情理兼具的文章，字裡行間充滿了感性，使人覺得言之有理，又感動在心，接受文章傳達的看法。

情 → 理（讓情感不會氾濫成災）

理 → 情（讓理性不會冷酷無情）

名篇選讀

1. 巴黎的鱗爪（節錄） / 徐志摩

▶ 經典原文

　　咳巴黎！到過巴黎的一定不會再稀罕[1]天堂；嘗過巴黎的，老實說，連地獄都不想去了。整個的巴黎就像是一床野鴨絨的墊褥，襯得你通體舒泰，硬骨頭都給熏酥了的——有時或許太熱一些。那也不礙事[2]，只要你受得住。讚美是多餘的，正如讚美天堂是多餘的；咒詛[3]也是多餘的，正如咒詛地獄是多餘的。巴黎，軟綿綿的巴黎，只在你臨別的時候輕輕地囑咐一聲「別忘了，再來！」其實連這都是多餘的。誰不想再去？誰忘得了？

　　香草在你的腳下，春風在你的臉上，微笑在你的周遭。不拘束你，不責備你，不督飭[4]你，不窘[5]你，不惱你，不操你。它摟著你，可不縛住你：是一條溫存的臂膀，不是根繩子。它不是不讓你跑，但它那招逗的指尖

1　稀罕：希奇可貴。
2　不礙事：不會妨礙事情的處理。
3　咒詛：音ㄓㄡˋ ㄗㄨˇ，用惡毒的言語詛罵祈求鬼神降禍他人。
4　督飭：監督指揮。飭，音ㄔˋ。
5　窘：音ㄐㄩㄥˇ，困。

卻永遠在你的記憶裡晃著。多輕盈的步履，羅襪[6]的絲光隨時可以沾上你記憶的顏色！

　　但巴黎卻不是單調的喜劇。賽因河的柔波裡掩映著羅浮宮[7]的倩影，它也收藏著不少失意人最後的呼吸。流著，溫馴的水波；流著，纏綿的恩怨。咖啡館：和著交頸[8]的軟語，開懷的笑靨[9]，有踞坐[10]在屋隅[11]裡蓬頭少年計較自毀的哀思。跳舞場：和著翻[12]飛的樂調，迷醇的酒香，有獨自支頤[13]的少婦思量著往蹟[14]的愴心[15]。浮動在上一層的許是光明，是歡暢，是快樂，是甜蜜，是和諧；但沉澱在底裡陽光照不到才是人事經驗的本質：說重一點是悲哀，說輕一點是惆悵[16]：誰不願意永遠在輕快的流波裡漾著，可得留神了你往深處去時的發見！

6　羅襪：絲織的襪子。

7　羅浮宮：法國舊王宮。為「louvre」的音譯，位於巴黎市中心，賽納河北岸，面積約十九點七平方公里。菲利浦二世（1180～1223年）時始建，歷代國王增建，至十九世紀完成。西元1678年，路易十四遷居凡爾賽宮，羅浮宮初次公開開放。1791年5月，正式成立羅浮宮博物館。

8　交頸：比喻恩愛情深。

9　笑靨：笑時臉上的微渦。

10　踞坐：伸開兩隻腳，雙膝弓起坐著。這種姿態有倨傲不恭、旁若無人之意。

11　隅：音ㄩˊ，角落。

12　翻：音ㄈㄢ，「翻」的異體字。

13　支頤：用手托住臉頰。頤，音一ˊ。

14　蹟：同「跡」。往蹟，往事。

15　愴心：哀傷的心情。愴，音ㄔㄨㄤˋ。

16　惆悵：音ㄔㄡˊㄔㄤˋ，悲愁、失意。

▶認識名家

　　徐志摩（1897～1931年），原名章垿（ㄒㄩ），字槱（ㄧㄡˇ）森，後改字志摩，浙江海寧人。著名現代詩人、散文家，也是武俠小說作家金庸的表哥。他出生富裕家庭，曾就讀北京大學，留學美、英，後來在清華大學、北京大學等校教書。性格浪漫，一生追求「愛」、「自由」與「美」。1931年11月19日，他搭乘飛機由南京北上，去聽一場建築講座時，飛機在霧中撞山墜機，逝世時只有34歲。

　　徐志摩的作品充滿理想與熱情，詞采華麗，音律優美，倡導新詩格律，對中國新詩的發展有重要的貢獻。著有詩集《志摩的詩》、《翡冷翠的一夜》、《猛虎集》等；散文集《我所知道的康橋》、《落葉》、《巴黎的鱗爪[17]》、《自剖》等；小說散文集《輪盤》；另有日記《愛眉小札》、《志摩日記》等。

▶題解

　　〈巴黎的鱗爪〉出自《巴黎的鱗爪》，本書節錄的部分僅為此文的開頭。身為藝術家的徐志摩，來到他朝思暮想的藝術之都，如同遊子尋見慈母，可以想見他當時是一種怎樣的心情。文章一開始，作者就以他特有的富於激情的筆調，直接表達了感受。於不經意之中，更在營造著氛圍。這種氛圍讓你無法克制自己要與作者一起神遊巴黎，聆聽作者漫談對巴黎的觀感。

---

17 鱗爪：龍的鱗和爪。比喻瑣屑、殘餘或無足輕重的事物。

▶心智圖

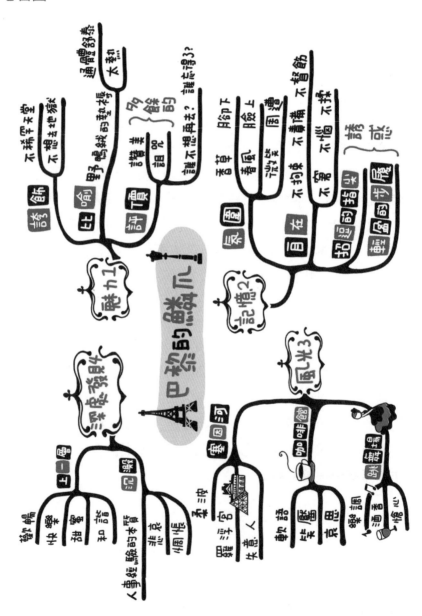

▶心智圖解讀：巴黎的鱗爪（節錄）

　　這篇散文題為「巴黎的鱗爪」，換言之，是印象式的描述對巴黎的見聞，針對最精采之處進行了扼要的散談。本書中，只選錄了這篇散文的開頭，也就是對巴黎最概括的部分，因為好的文章開頭，總會讓讀者留下難以忘懷的印象，不僅能夠引起閱讀的想望，同時將全文最重要的部分作為線索，提點讀者進入。我們跟著這篇散文的開頭，探索徐志摩如何經營一篇文章，並跟著他的目光，也來拼湊對巴黎的整體印象。

　　「巴黎」，本身就是個迷人的名詞，它是近代文明中藝術之美的展現，也是生活與藝術最完美的結合。作為一位痴迷於藝術的文學家，徐志摩來到他朝思暮想的巴黎時，首先感受到的，便是巨大的震撼。因此，這篇文章的開頭，我們可以看到他運用了誇飾的手法，如此形容巴黎之行的美妙：「到過巴黎的一定不會再稀罕天堂；嘗過巴黎的，老實說，連地獄都不想去了。」將心裡的衝擊用誇張的方式表達出來，再適合不過。

　　接著作者說：「整個的巴黎就像是一床野鴨絨的墊褥，襯得你通體舒泰，硬骨頭都給熏酥了的。」這裡運用了相當具體的譬喻法，將人們在巴黎感受到的心曠神怡，比喻成一床野鴨絨的墊褥，柔軟、舒適，就像整座城市要人完全放下一切，盡情享受眼前的美好。在這裡，讚美是多餘的，咒詛也是多餘的，因為真正的美好用語言難以形容，是讓人說不出話來的。首段末尾的：「誰不想再去？誰忘得了？」說明的正是這樣的感受。

　　在文章第二段，作者接連的運用「香草」、「春風」、「微笑」等光明美好的事物，象徵巴黎的溫柔、自由與熱情，這些會一一

留存在作者的記憶中，留下輕盈的步履，與無法遺忘的顏色。當然，巴黎並不是只有單一的面向，在第三段首句「但巴黎卻不是單調的喜劇」，作者表明了要我們更立體、更全面、更敏銳地去觀看巴黎。這個充滿誘惑的天堂，其實也存在著失意人最後的呼吸、少年自毀的哀思，與少婦的愴心。這看似不協調的兩面，其實才是巴黎最完整的面貌，她令人失意中有希冀，貧困中有著對藝術的堅持，傷心中仍有美酒與音樂。

巴黎多元的面貌，正是她迷人的所在，從這樣的觀看中，作者要我們思考的是：「浮動在上一層的許是光明，是歡暢，是快樂，是甜蜜，是和諧；但沉澱在底裡陽光照不到才是人事經驗的本質。」巴黎的美，自然是不能一眼就看透的，她的美具有深度、有內涵，人人都看得見輕快的流波，但更往深淵、更往底層裡頭去觀看後，或許才會發現一切事物的本質。

徐志摩的這篇散文寫的是巴黎的「鱗爪」，但他不往絢麗的羅浮宮、壯觀的凱旋門、迷人的賽因河去寫，反而投向城市的邊緣與角落，去觀看這個城市中更底層、更本質性的事物，因而他所見的是落寞的心靈、陰暗的畫室、傷心的舞場，這種種的不協調，並不妨礙巴黎迷人的底蘊，反而更說明了這個城市藝術的本質。徐志摩運用這樣的構思與切入角度，讓我們看見巴黎人最真實、灑脫與輕快的一面；而這也正是徐志摩的散文，最美好的特質之一。

▶修辭散步

1. 感嘆：如：「咳巴黎！」
2. 誇飾：如：「到過巴黎的一定不會再稀罕天堂；嘗過巴黎的，老實說，連地獄都不想去了。」（誇飾＋排比）

3. 譬喻：如：「整個的巴黎就像是一床野鴨絨的墊褥，襯得你通體舒泰，硬骨頭都給熏酥了的。」

4. 排比：如：「讚美是多餘的，正如讚美天堂是多餘的；咒詛也是多餘的，正如咒詛地獄是多餘的。」、「香草在你的腳下，春風在你的臉上，微笑在你的周遭。」、「不拘束你，不責備你，不督飭你，不窘你，不惱你，不揉你。」、「流著，溫馴的水波；流著，纏綿的恩怨。」

5. 設問：如：「誰不想再去？誰忘得了？」（激問）

6. 擬人：如：「它（巴黎）摟著你，可不縛住你：是一條溫存的臂膀，不是根繩子。它不是不讓你跑，但它那招逗的指尖卻永遠在你的記憶裡晃著。」（擬人＋譬喻）

到過巴黎的人一定不會再稀罕天堂；嘗過巴黎的人，連地獄都不想去了。

香草在你的腳下，春風在你的臉上，微笑在你的周遭。

賽因河的柔波裡掩映著羅浮宮的倩影，收藏著不少失意人的最後呼吸。

誰不願意永遠在輕快的流波裡蕩漾著，但得留神了你往深處去時的發現！

▶文學遊戲場

一、閱讀素養

（　　）1. 作者徐志摩認為應該用什麼態度去探索巴黎？

　　　　(A) 享受歡唱、快樂、甜蜜、和諧的一面。

　　　　(B) 往深處去挖掘人事經驗的本質。

　　　　(C) 永遠在輕快的流波裡漾著。

　　　　(D) 享受飄飛的樂調與迷醇的酒香。

（　　）2. 文中為什麼說巴黎「是一條溫存的臂膀，不是根繩子」？

　　　　(A) 巴黎以魅力吸引人們，置身其中令人感到自在。

　　　　(B) 巴黎有眾多的美女，是一個溫柔鄉。

　　　　(C) 巴黎的治安給人安全可靠的感覺。

　　　　(D) 來過巴黎以後，就不想再去別的城市了。

二、向大師學寫作

作文題目：

　　每逢假日，就有許多人投身大自然的懷抱，到郊外踏青、露營，可見旅遊在我們的生活中，是一項重要的活動。你曾經去過什麼地方旅行？在旅途中有什麼發現？請以「○○遊記」為題，描寫旅行時所見的景物、敘述經過和想法。

作文提示：

　　審題：半開放的題目，可以任選旅遊的地點來作文，所以在取材時，應該找最熟悉、印象最深的來寫，並且多多描寫細節，才能表現作者的觀察力。開頭：使用比喻法，來解釋作文題目的題意或主張，可以讓內容更具體。為旅遊的地點找個絕妙的比喻吧！經過：用抑揚法，先揭露都市的擁擠或空氣污染，再褒揚旅遊地點迷人的風景，兩者拿來比較，可使主題更鮮明，並用誇飾法來形容景色之美。結尾：運用期勉法，表現作者想再度來到此地旅行的期望。

三、心智圖練習

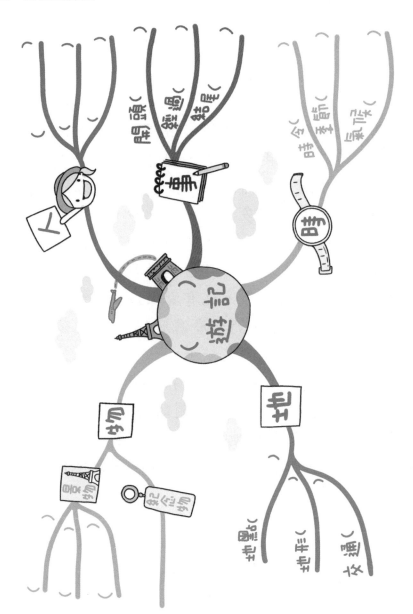

提示：遊記很適合以「人事時地物」分類，在「事」和「物」要分得更細才好。

2.蛛絲與梅花 / 林徽因

▶經典原文

　　眞眞地就是那麼兩根蛛絲，由門框邊輕輕地牽到一枝梅花上。就是那麼兩根細絲，迎著太陽光發亮……再多了，那還像樣麼？一個摩登[1]家庭如何能容蛛網在光天白日裡作怪，管它有多美麗，多玄妙，多細緻，夠你對著它聯想到一切自然、造物的神工和不可思議處；這兩根絲本來就該使人臉紅，且在冬天多特別！可是亮亮的，細細的，倒有點像銀，也有點像玻璃製的細絲，委實[2]不算討厭，尤其是它們那麼灑脫風雅[3]，偏偏那樣有意無意地斜著搭在梅花的枝梢上。

　　你向著那絲看，冬天的太陽照滿了屋內，窗明几淨，每朵含苞的，開透的，半開的梅花在那裡挺秀[4]吐香，情緒不禁迷茫縹緲[5]地充溢心胸，在那剎那的時間中振盪。同蛛絲一樣的細弱，和不必需，思想開始拋引

1　摩登：現代的、時髦的。為英語「modern」的音譯。指思想、穿著或言行新奇，迎合時尚。
2　委實：確實、真的。
3　灑脫：態度自然大方，不受拘束的樣子。風雅：文雅、儒雅。
4　挺秀：卓立不群，秀美出眾。
5　縹渺：音 ㄆㄧㄠˇ ㄇㄧㄠˇ，高遠隱忽而不明。

出去：由過去牽到將來，意識的，非意識的，由門框梅花牽出宇宙，浮雲滄波蹤跡不定。是人性，藝術，還是哲學，你也無暇計較，你不能制止你情緒的充溢，思想的馳騁，蛛絲梅花竟然是瞬息可以千里！

好比你是蜘蛛，你的周圍也有你自織的蛛網，細緻地牽引著天地，不怕多少次風雨來吹斷它，你不會停止了這生命上基本的活動。此刻拿梅花來說吧，一串串丹紅的結蕊綴在秀勁的傲骨[6]上，最可愛，最可賞，等半綻將開地錯落在老枝上時，你便會心跳！梅花最怕開；開了便沒話說。索性[7]殘了，沁香拂散同夜裡爐火都能成了一種溫存[8]的淒清。

記起了，也就是說到梅花，玉蘭。初是有個朋友說起初戀時玉蘭剛開完，天氣每天的暖，住在湖旁，每夜跑到湖邊林子裡走路，又靜坐幽僻石上看隔岸燈火，感到好像僅有如此虔誠地孤對一片泓碧寒星遠市，才能把心裡情緒抓緊了，放在最可靠最純淨的一撮思想裡，始不至褻瀆[9]了或是驚著那「寤寐思服[10]」的人兒。那是

---

6 傲骨：高傲不屈的氣骨。借指梅花。

7 索性：乾脆、直截了當。

8 溫存：溫柔。

9 褻瀆：音ㄒㄧㄝˋ ㄉㄨˊ，輕視怠慢。

10 寤寐思服：無時無刻都在想念。出自《詩經・周南・關雎》：窈窕淑女，寤寐求之。求之不得，寤寐思服。

極年輕的男子初戀的情景──對象渺茫高遠，反而近求「自我的」鬱結深淺──他問起少女的情緒。

　　就在這裡，忽記起梅花。一枝兩枝，老枝細枝，橫著，虯[11]著，描著影子，噴著細香；太陽淡淡金色地鋪在地板上；四壁琳瑯[12]，書架上的書和書籤都像在發出言語；牆上小對聯記不得是誰的集句；中條是東坡[13]的詩。你斂[14]住氣，簡直不敢喘息，踮起腳，細小的身形嵌在書房中間，看殘照當窗，花影搖曳，你像失落了什麼，有點迷惘。又像「怪東風著意相尋」，有點兒沒主意！浪漫，極端的浪漫。「飛花滿地誰為掃[15]？」你問，情緒風似的吹動，卷過，停留在惜花上面。再回頭看看，花依舊嫣然[16]不語。「如此娉婷[17]，誰人解看花意」，你更沉默，幾乎熱情地感到花的寂寞，開始憐花，把同情統統詩意地交給了花心！

　　這不是初戀，是未戀，正自覺「解看花意」的時代。情緒的不同，不止是男子和女子有分別，東方和西方也甚有差異。情緒即使根本相同，情緒的象徵，情

---

11 虯：音ㄑㄧㄡˊ，蟠曲。

12 琳瑯：琳瑯，美玉。四壁琳瑯形容所見都是珍美的東西。

13 東坡：人名，宋代文學家蘇軾的自號。

14 斂：音ㄌㄧㄢˋ，約束、節制。

15 飛花滿地為誰掃：出自宋代陳允平〈垂楊〉詞：「飛花滿地誰為掃，甚薄倖，隨波縹緲。」

16 嫣然：嫵媚美好的樣子。多用以形容笑容。

17 娉婷：輕巧美好。娉，音ㄆㄧㄥ。

緒所寄託，所棲止[18]的事物卻常常不同。水和星子同西方情緒的聯繫，早就成了習慣。一顆星子在藍天裡閃，一流冷澗[19]傾瀉一片幽愁的平靜，便激起他們詩情的波湧，心裡甜蜜地，熱情地便唱著由那些鵝羽的筆鋒散下來的「她的眼如同星子在暮天裡閃」，或是「明麗如同單獨的那顆星，照著晚來的天」，或「多少次了，在一流碧水旁邊，憂愁倚下她低垂的臉」。惜花，解花太東方，親暱自然，含著人性的細緻是東方傳統的情緒。

此外年齡還有尺寸，一樣是愁，卻躍躍似喜，十六歲時的，微風零亂，不頹廢，不空虛，巔著理想的腳充滿希望，東方和西方卻一樣。人老了脈脈[20]煙雨，愁吟或牢騷多折損詩的活潑。大家如香山[21]，稼軒[22]，東坡，放翁[23]的白髮華髮[24]，很少不梗[25]在詩裡，至少是令人不快。話說遠了，剛說是惜花，東方老少都免不了這嗜好，這倒不論老的雪鬢曳杖，深閨裡也就攢眉[26]千度。

最叫人惜的花是海棠一類的「春紅」，那樣嬌嫩明

---

18 棲止：停留、居住。

19 澗：音ㄐㄧㄢˋ，山中的流水。

20 脈脈：音ㄇㄛˋㄇㄛˋ，眼神含情，相視不語的樣子。

21 香山：唐代詩人白居易的別號。因曾構石樓於香山，故稱為「香山居士」。

22 稼軒：宋代詞人辛棄疾的號。

23 放翁：宋代著名詩人陸游的號。

24 華髮：花白的頭髮。

25 梗：音ㄍㄥˇ，阻塞。

26 攢眉：皺緊眉頭。形容憂慮不快的神態。攢，音ㄘㄨㄢˊ。

豔，開過了殘紅滿地，太招惹同情和傷感。但在西方即使也有我們同樣的花，也還缺乏我們的廊廡[27]庭院。有了「庭院深深深幾許[28]」才有一種庭院裡特有的情緒。如果李易安[29]的「斜風細雨[30]」底下不是「重門須閉」也就不「蕭條」得那樣深沉可愛；李後主[31]的「終日誰來[32]」也一樣的別有寂寞滋味。看花更須庭院，深深鎖在裡面認識，不時還得有軒窗欄杆，給你一點憑藉，雖然也用不著十二欄杆倚遍，那麼懦弱無聊。

當然舊詩裡傷愁太多；一首詩竟像一張美的證券，可以照著市價去兌現！所以庭花，亂紅，黃昏，寂寞太濫，詩常失卻誠實。西洋詩，按現行用法改之，文中多處同。戀愛總站在前頭，或是「忘掉」，或是「記起」，月是為愛，花也是為愛，只是全是真情，也未嘗不太膩味。就以兩邊好的來講。拿他們的月光同我們的

---

27 廊廡：堂前東西兩側的廂房。廡，音ㄨˇ。

28 庭院深深深幾許：幽深的庭院不知有多深。出自於宋朝歐陽修〈蝶戀花〉：「庭院深深深幾許，楊柳堆煙，簾幕無重數。玉勒雕鞍遊冶處，樓高不見章台路。雨橫風狂三月暮，門掩黃昏，無計留春住。淚眼問花花不語，亂紅飛過鞦韆去。」

29 李易安：宋代詞人李清照。

30 斜風細雨：此句及以下引文，出自李清照〈念奴嬌・春情〉：「蕭條庭院，又斜風細雨，重門須閉。寵柳嬌花寒食近，種種惱人天氣。險韻詩成，扶頭酒醒，別是閒滋味。征鴻過盡，萬千心事難寄。樓上幾日春寒，簾垂四面，玉闌干慵倚。被冷香消新夢覺，不許愁人不起。清露晨流，新桐初引，多少遊春意。日高煙斂，更看今日晴未。」

31 李後主：南唐後主李煜，世稱為「李後主」。

32 終日誰來：出自李後主〈浪淘沙〉：「往事只堪哀，對景難排。秋風庭院蘚侵階。一任珠簾閒不捲，終日誰來。金鎖已沉埋，壯氣蒿萊。晚涼天淨月華開。想得玉樓瑤殿影，空照秦淮。」

月色比，似乎是月色滋味深長得多。花更不用說了，我們的花「不是預備採下綴成花球，或花冠獻給戀人的」，卻是一樹一樹綽約[33]的，個性的，自己立在情人的地位上接受戀歌的。

　　所以未戀時的對象最自然的是花，不是因為花而起的感慨──十六歲時無所謂感慨──僅是剛說過的自覺解花的情緒，寄託在那清麗無語的上邊，你心折它絕韻孤高，你為花動了感情，實說你同花戀愛，也未嘗不可──那驚訝狂喜也不減於初戀。還有那凝望，那沉思……

　　一根蛛絲！記憶也同一根蛛絲，搭在梅花上就由梅花枝上牽引出去，雖未織成密網，這詩意的前後，也就是相隔十幾年的情緒的聯絡。

　　午後的陽光仍然斜照，庭院闃然[34]，離離疏影[35]，房裡窗櫺[36]和梅花依然伴和成為圖案，兩根蛛絲在冬天還可以算為奇蹟，你望著它看，真有點像銀，也有點像玻璃，偏偏那麼斜掛在梅花的枝梢上。

---

33 綽約：柔媚婉約。綽，音ㄔㄨㄛ。
34 闃然：靜無人聲。闃，音ㄑㄩ。
35 離離：分披繁盛的樣子。疏影：物影稀疏。
36 窗櫺：窗上以木條交錯製成的格子。櫺，音ㄌㄥ。

▶認識名家

　　林徽因（1904～1955年），原名林徽音，福建福州閩縣人，中國著名的建築師、詩人，是人民英雄紀念碑和中華人民共和國國徽深化方案的設計者。她是建築師梁思成的第一任妻子，1928年與梁思成結婚，夫婦一起考察多處古代建築，與詩人徐志摩、作家沈從文、學者金岳霖等，有很好的往來與情誼。創作多樣，有詩歌、小說、散文、話劇劇本等多篇，時人稱爲「才女」。

　　林徽因的散文風格獨特，份量雖不多，但行文簡潔，文字活潑，想像力奇特，她將建築師的科學精神和本身的文學氣質糅合，灌注於文中，一些精闢的見解頗具有借鑑價值。作品有《林徽因講建築》（南粵出版社、陝西師範大學出版社）。其子梁從誠爲她編選《林徽因文集》以及《林徽音建築文集》（臺北：藝術家出版社）。另有陳學勇所編的《林徽因文存（建築）》（四川文藝出版社）等。

▶題解

　　〈蛛絲與梅花〉出自《林徽因文集》。本文借物起興，描寫了兩根蛛絲經過門框牽到一枝梅花上的小景致，引發了作者的種種聯想。在作者的筆下，由蛛絲和梅花構成的「蛛絲梅花圖」，不但美麗，而且玄妙、細緻，令人聯想到自然造物的神工和不可思議處。文字如詩一般清麗婉轉，表現出詩意的美。

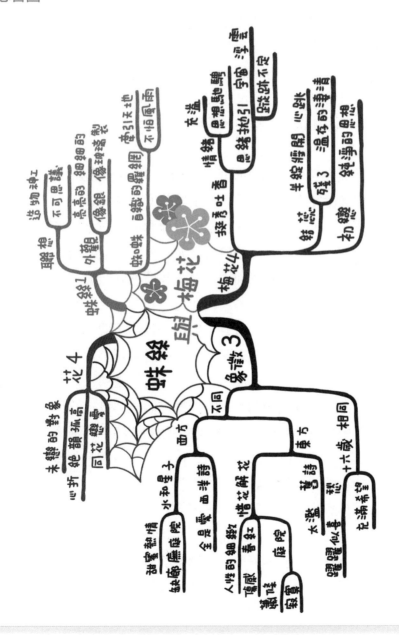

▶心智圖解讀：蛛絲與梅花

　　林徽因的這篇散文，是典型的「小題大做」，內容以極微小、乍看毫不起眼的「蛛絲」為起點，連結到門框上的一枝梅花，接著將思緒往外擴張聯想、思考，想到了宇宙、一些古往今來的浪漫詩歌、典故，從而引發對東、西方文化的比較，最後再談到花與戀愛。我們可以說，林徽因在這篇文章中，將她的想像力和聯想力發揮得淋漓盡致。

　　文章是從冬日的午後開始的，作者在房中窺探到兩根蛛絲，透過門框聯繫著窗外的梅花。這原本是再普通不過的景象，但是透過她獨特的視角來看，細微的蛛絲卻銀閃閃地牽引著內心的想像。她想，人倘若像是蜘蛛，也總是織著自己生命的羅網，這羅網不僅牽連起天地，也勾連著無數的情感與回憶；而這些情感與回憶在文章裡頭，也都與「花」脫不了關係。

　　梅花綻放時最是可愛、可賞，但是一旦開了便逐漸走向凋殘，就像是人生，從出生開始便走向死亡。反倒是梅花半綻時刻的錯落，含苞卻讓人心跳。這裡寫的不僅是花，當然也是愛情。作者講起一個朋友的初戀，當時玉蘭花剛開完，暖天裡這個心情鬱結的男子，只有在幽靜的石上觀看隔岸的燈火，才能讓自己的心緒不再飄搖。這樣的心緒蕩漾、渺茫高遠，就好像是冬日午後在書房中觀看著窗外的梅花，情緒風似地吹動，但是花始終嫣然不語。

　　作者不禁想到古人的詩句中，關於「憐花」的部分，不論是東坡的詩，還是諸如「怪東風著意相尋」、「飛花滿地為誰掃」、「如此娉婷，誰人解看花意」等等，這些極度浪漫的詩句，都牽動著人的情感，比如失落、沒主意、沉默、熱情、寂寞、同情……，這些形容花

的詩句，其實也是在表達人的種種情感，詩心等同於花心。

　　「這不是初戀，是未戀，正自覺『解看花意』的時代。」作者認為，對情感一知半解的少男少女，還不認識愛情為何物，卻開始懂得從花意去表露自我的情感，這種情緒的抒發不僅男女有別，東、西方也不一樣。東方人傳統上習慣含蓄的表達，詩意之中不免委婉保留，不會大剌剌的寫著：「她的眼如同星子在暮天裡閃。」如果說，「水和星子」是西方人情感容易投射之物，那麼東方人的惜花、解花，自然更包含了人性的細緻與傳統。

　　文章接著談到了「惜花」。作者以為最該關注的是海棠一類的「春紅」，因為在中國的傳統詩詞裡，像李清照、李後主，都用這類花來深刻表露他們的思念與亡國之痛。這些作品的傷愁太多，某種程度上，也有不少「為賦新詞強說愁」者，把花給寫濫、寫俗了。對作者而言，最值得珍惜的，其實是為花的孤韻高絕所感動那初發的情感，也就是「未戀」時期，那時只知道愛花，情感更為純粹，「那驚訝狂喜也不減於初戀」，這樣的美，更為作者所讚頌。

　　到了文章的末尾，作者跳離了內心的聯想，將場景拉回現實的書房。前述的種種或許不過是片刻思緒的遊走，卻由細小的蛛絲寫起了花，由花寫起古人寄寓花語的傳統，再由這樣的傳統聯繫起文學作品中所表露花與生命、家國的連結。可以說，在這樣的一篇短文中，林徽因以其獨特的詩化的語言，為我們示範了「一沙一世界」、「萬物靜觀皆自得」的寫作奧義。

▶修辭散步

1. 設問：如：「再多了，那還像樣麼？」（提問）

2. 排比：如：「一枝兩枝，老枝細枝，橫著，虯著，描著影子，噴著細

香。」

3. 反覆：在文章中，為了強調某種意思、突出情感，特意重複使用某些詞語、句子或段落等。如：「可是亮亮的，細細的，倒有點像銀，也有點像玻璃製的細絲」與「你望著它看，真有點像銀，也有點像玻璃」（首尾呼應）。

4. 擬人：如：「尤其是它們那麼灑脫風雅，偏偏那樣有意無意地斜著搭在梅花的枝梢上」、「四壁琳瑯，書架上的書和書籍都像在發出言語」等。

5. 聯想：如：「同蛛絲一樣的細弱，和不必需，思想開始拋引出去：由過去牽到將來，意識的，非意識的，由門框梅花牽出宇宙，浮雲滄波蹤跡不定。」（由蛛絲聯想到宇宙）

6. 譬喻：如：「好比你是蜘蛛，你的周圍也有你自織的蛛網」、「一首詩竟像一張美的證券，可以照著市價去兌現」等。

7. 轉化：如：「才能把心裡情緒抓緊了，放在最可靠最純淨的一撮思想裡」（用人擬人）。

8. 引用：如：「寤寐思服」、「怪東風著意相尋」、「飛花滿地誰為掃」、「如此娉婷，誰人解看花意」、「庭院深深深幾許」等。

9. 對比：如：「水和星子同西方情緒的聯繫，早就成了習慣……惜花，解花太東方，親暱自然，含著人性的細緻是東方傳統的情緒」、「當然舊詩裡傷愁太多……西洋詩，按現行用法改之，文中多處同」（東西方文化、詩歌風格對比）。

兩根蛛絲，由門框邊輕輕地牽到一枝梅花上，聯想到一切自然。

有個朋友說起初戀時玉蘭花剛開完，對象渺茫高遠，令人寤寐思服。

十六歲時，踮著理想的腳充滿希望，一樣是愁，卻躍躍似喜。

未戀時的對象最自然的是花，你為花動了感情，說出你和花在戀愛。

▶文學遊戲場

一、閱讀素養

（　　）1. 文中說梅花「等半綻將開地錯落在老枝上時，你便會心跳」的意思是？

(A) 把同情統統詩意地交給了花心。

(B) 惋惜梅花即將凋謝了。

(C) 作者獨獨鍾愛含苞待放時的梅花。

(D) 影射戀愛，在戀情尚未明朗時最吸引人。

（　　）2. 作者對愛情的看法，以下何者不正確？

(A) 「未戀」時期的情感更爲純粹。

(B) 對愛情一知半解的少男少女，已經懂得從花意表露情感。

(C) 同花戀愛的感覺更勝過與人戀愛。

(D) 東方人的傳統是習慣含蓄的表達愛情。

二、向大師學寫作

作文題目：

　　在我們身處的環境裡，有許多新奇美好的事物，等著我們去挖掘。不管是建築特色、歷史文化，還是自然生態，生活的樂趣俯拾皆是。對於你生活的地方，你是否探訪過每個角落？請以「最美的角落」爲題，選擇你認爲最美的角落，寫一篇記敘、抒情兼具的文章。

作文提示：

　　審題：美，除了外表的美，也有內在的美，但是內在不像外在那麼容易辨認，所以撰寫文章必須搭配特殊的事件、感受，才能突顯「美」的價值。開頭：可用反起法，從主題的反面開始寫起，例如先說大範圍的部分，描述自己的學校老舊，似乎毫無美感，然後縮小範圍，點出學校的某個角落使校園美麗起來。經過：用列舉法，描繪幾樣和角落有關的事物，從事物的顏色、材質、觸感等寫起，並描述自己待在角落時進行的活動。結尾：運用懷念法，藉著對人、事、景、物的回憶，抒發想念的心情，能使結尾有餘韻不絕的效果。

三、心智圖練習

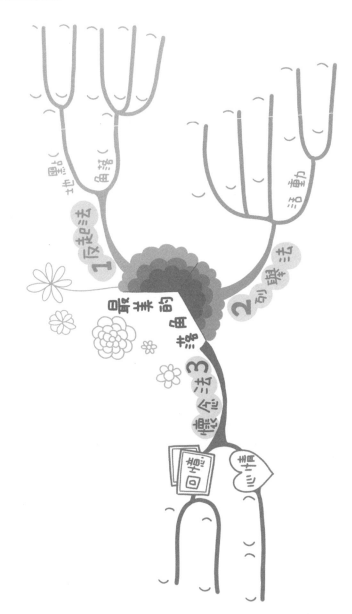

提示：由大範圍的「地點」，描寫到小範圍的「角落」，是縮小的寫法。

名篇選讀

3.苦笑 / 王尚義

▶經典原文

晌午[1]，我從一個淡漠[2]的夢中醒來。夢——像我生命所做過許多同樣淡漠的夢中的一個。但是因為這是晌午，而且很靜，我醒來，好像身上還疏落的牽累著幾根夢的輕絲。我懶懶地坐下，吮[3]一口茶，茶是未喝完的半杯，濃而且苦，燃起一支煙，藍色的憂鬱立刻從指尖飄起了……。

我夢見了什麼人呢？好像是一個人，一個擾人的影子，好像是有花，有希望，有春天，然而都是過去了的。平時我總未想像過這樣的事，既然是過去了的，嚴格的說來，應該什麼也沒有，可是分明是夢，分明有個思想的幻影，分明還有些甜美的品味，為什麼呢？難道人生就是這些捉摸不定的東西？難道像是有的，畢竟是沒有的，難道空就是美，美就是空嗎？想到這裡，我漸漸悟了，我狠狠地唾棄[4]了那個夢的幻覺！

---

1 晌午：音ㄕㄤˇ ㄨˇ，中午。
2 淡漠：淡泊恬靜。
3 吮：音ㄕㄨㄣˇ，用口吸取。
4 唾棄：輕視鄙棄。

可是，這是晌午，而且很靜，坐著也像是幻覺，透明的紗窗結掛著蛛網，藍天在方形的格子裡張弛[5]著，有幾朵碎絮般的雲片不定的悠遊，時聚時散，時近時遠，在窗格子上打著弧形的迴旋[6]。我真不瞭解，雲何以如此輕盈浪漫？也許天是高的、大的，沒有阻攔，也許雲沒有掙扎，沒有期待，沒有殘破的意想，唉！我終於不是雲呵！我坐在地上有形的竹椅裡，伴著有形的自我，說不定這就是一切的根源。

樹梢，帶點淡黃色油嫩的樹梢，漸漸地放出它的幻彩，輝映著灰色屋頂閃爍的陽光，像是漠影，有無限的情趣。風撩過的時候，幾片伸展的葉子，揚起又回落，真夠灑脫，風不息的來，不息的去，樹梢從未得到過什麼，難怪它不失望、不悵惘[7]；不似憂戚[8]的我，甚至相信一個夢，甚至老打不斷那個剛從夢中醒來的感覺。

這是晌午，而且很靜，如果說有誰伴著我，怕是這個茶几上落滿了灰塵的花瓶。還有幾朵黯淡的殘花，花瓶本來是種沉鬱的灰色，這灰色如今被殘花點綴得更沉鬱了，最惹人憐惜的是落下的花片，花片以平靜的安祥對我……

---

5 張弛：本指拉緊與放鬆弓弦，後比喻事物的急緩、進退、起落等。弛，音ㄕˇ。
6 迴旋：旋轉、盤旋。
7 悵惘：音ㄔㄤˋ ㄨㄤˇ，惆悵失意。
8 憂戚：憂愁哀傷。

　　「這不是很可笑嗎？不是很可笑嗎？」花說：「你看，我生在春天，我怒放，我嬌豔，我惹人愛羨；過了幾天，我衰敗，我凋落，我靜默，我安然，我回到原來的地方，一切都過去了，可是畢竟沒有一切呵！不是很可笑嗎？你坐在這裡，以為自己有個靜靜的時間，你思想，你作夢，你醒來，你做了些什麼呢？以為得到些什麼呢？雖然沒有追求、等待，你信仰，你奉獻，可是你也不過是幾天，短短地時間，短短地。雖然是晌午，雖然很靜，雖然你有些詩意，雖然是悟了生命的奧祕，蠢呵……」

　　這真是可笑，我微微的搖頭，我的嘴角拉開了，我對著自己笑，對著有形的一切笑──我對著瓶裡的花笑，花落盡了，我對著手上的煙笑，煙燃完了，我對著杯裡的茶笑，茶還有一口，我決然⁹地端起，剎那間，我的笑容融化在那僅剩的一口濃液裡，深深地有些苦味，剎那間，我吞滅了……

　　這是晌午，而且很靜……。

▶認識名家

　　王尙義。參見p.19。

9　決然：果斷堅決的樣子。

▶題解

〈苦笑〉出自《深谷足音》。作者描述自己做了一個夢，從夢境觸發，用聯想的方式，由外物開始觀察：看藍天、白雲，看樹梢、花朵等等，逐步地向內在探索對人生、對生命的種種想法。在思想上，表現出對「自然」、「無常」的體悟，頗貼近道家的哲學思想。在技巧上，藉著點燃的菸飄散出來的輕煙，營造了虛無飄渺的氛圍，使讀者跟著煙、跟著作者的思維，進行一場心靈之旅。

▶心智圖解讀：苦笑

文章從中午做了一個「夢」開始寫起。作者的夢，只不過是日常之間很平常的夢，但因為是在沉靜無比的中午，於是，醒來好像還有著夢的餘韻存在，作者將之比喻為「輕絲」。這個「我」，喝了一口之前未喝完的濃茶，點起了菸，在虛無飄渺的煙霧中，也陷入了憂鬱的思索。「藍色」、「濃而且苦」的茶，象徵了作者此時此刻的心境，不論是輕絲還是煙，都具體地呈現了夢的虛幻。

第二段，作者開始思索著，夢裡頭所夢見的到底是什麼？開頭的一句提問：「我夢見了什麼人呢？」引起讀者無數的想像。他認為夢好像「有花」、「有希望」、「有春天」，所代表的都是美好、光明的事物，但是這些「都是過去了的」，只在夢裡曇花一現。於是，他思索夢的不確定性，以及人生的不確定性，他質疑這些美好的事物，難道終究都是一場「空」？於是他說，想要「唾棄」剛剛做過的夢。作者的思緒，隨著抽象的描述，一正、一反地逐步呈現對於人生、美和無常的辯證。

然而，恬靜的晌午，一切是那樣的美好。從第三段開始，作者便從對外物的觀察轉而探尋生命的奧祕。他先看到藍天裡有雲片飄忽

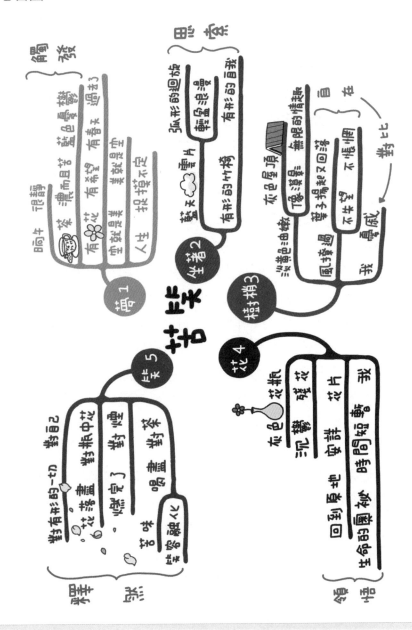

▶心智圖

落葉

簡　靜

景1

空 靜寂
有花 濃而自己 就是美
雪就是雪 有希望
人生 藍色憂鬱 有春天
捉摸不定 像楓葉紅過去了

景色

坐者2

藍天 雲片
有形的竹椅 弧形的迴放
輕盈飄逸
有形的自我

樹梢3

不色屋頂
嫩黃油綠 像葉掉了
草子揭起又回落
我 風徐過
不牢望 不帳惘 無限的情趣
自在
對比 真感

花4

不色花瓶
沉靜 詳安
輕鬆 詳花
時間短暫
生命的圓斬
回到原地

領悟

景5

對花 對自己
對眼中花
對煙
燃盡了
喝盡 香味
對有形的一切 化落盡
包容融化

體　悟

203

著，希望自己就像那片雲，能自由自在、不限形體拘束，在高大而沒有阻攔的天空中遨翔；然而「我」之為「我」，卻是必須受限在形體中，又使他感到悵惘。

接著，作者將視野移到了「淡黃色油嫩的樹梢」，運用視覺摹寫描述風吹過之際，葉子「揚起又回落」的瀟灑姿態。他想，「樹梢」從未得過什麼，卻也不憂愁什麼，樹的自由與「我」對照起來，我的憂愁便顯得無足輕重了。他又將視野移到了花瓶裡的「殘花」，「花」原本是順著四季生長，現在在花瓶裡養了幾天後就凋謝了，而後又回到大自然，「回到原來的地方」，這就是生命的奧祕。想到這裡，作者似乎覺得該讓人生順其自然些才是。

文章最後，「我」以輕微地搖搖頭，對著自己笑、對著有形的一切笑，也對著花笑等等，來表達對憂愁的接受與釋然態度。

花原本生存在大自然中，能夠美麗、優雅地綻放，可是人們硬是將花朵供養在花瓶中，只剩下短暫的生命，不正如人們總是刻意地想用人為的力量改變一切？到頭來，為自己帶來無數的煩惱，與驀然回首的虛空。我們從作者對一場夢的觸發，跟隨他思索人生的捉摸不定、對外物的觀察、對內在的省思，看見作者體悟到生命的奧祕，與老莊道家「自然」、「無為」的思想不謀而合，同時帶給我們許多啟迪。

本文題為「苦笑」，當作者的笑容，在最後被融化於一口苦茶之中，我們才瞭解，苦與笑其實都是「人生」的必然，唯有靜觀皆自得的看待生命與周遭的一切，才會真正感受到生命的奧妙與值得醒悟之處。文中出現四次的「這是晌午，很靜」，就是在告訴我們，要珍惜生命中單純的美好，只有當內心真正平靜，與自己對話，方能瞭解生命與存在的本質。

▶修辭散步

1. 譬喻：如：「夢 —— 像我生命所做過許多同樣淡漠的夢中的一個」
等。

2. 反覆：如：「這是晌午，而且很靜」（全文重複四次）。

3. 轉化：如：「燃起一支煙，藍色的憂鬱立刻從指尖飄起了」（化虛為
實）。

4. 設問：如：「我夢見了什麼人呢？好像是一個人，一個惱人的影子」
（提問）、「為什麼呢？難道人生就是這些捉摸不定的東
西？」（疑問）、「我真不瞭解，雲何以如此輕盈浪漫？」
（提問）

5. 排比：如：「可是分明是夢，分明有個思想的幻影，分明還有些甜美
的品味」、「我怒放，我嬌豔，我惹人愛羨」、「我衰敗，我
凋落，我靜默，我安然」、「你思想，你作夢，你醒來……你
信仰，你奉獻」等。

6. 頂真：如：「難道空就是美，美就是空嗎？」（頂真＋設問）

7. 感嘆：如：「唉！我終於不是雲呵！」

8. 視覺：如：「樹梢，帶點淡黃色油嫩的樹梢，漸漸地放出它的幻彩，
輝映著灰色屋頂閃爍的陽光」、「花瓶本來是種沉鬱的灰色，
這灰色如今被殘花點綴得更沉鬱了」等。

9. 擬人：如：「樹梢從未得到過什麼，難怪它不失望、不悵惘」、「花
片以平靜的安詳對我……花說……」

10. 類疊：如：「短短地時間，短短地」（疊字）。

晌午,我從一個淡漠的夢中醒來,呷一口茶,茶濃而且苦。

我坐在地上有形的竹椅裡,伴著有形的自我,發現生命的奧祕。

帶點淡黃色油嫩的樹梢,從末得到過什麼,難怪它不悵惘。

我的笑容融化在那僅剩的一口濃液裡,深深地有些苦味。

▶文學遊戲場

一、閱讀素養

（　　）1. 作者從夢、雲朵、樹梢、花等，主要領悟了什麼道理？

　　　(A)「憂鬱」是詩人的本質。

　　　(B) 自然和無常的「生命的奧祕」。

　　　(C)「幻想」對創作的重要性。

　　　(D) 被自己「有形身體」限制的無奈。

（　　）2. 作者的「夢境」：「好像是有花，有希望，有春天」，說的是什麼？

　　　(A) 指作者是個愛作夢的詩人。

　　　(B) 好夢往往揭示人內心的不安。

　　　(C) 預示未來的人生充滿了希望。

　　　(D) 感嘆美好的事物像夢一樣短暫而虛幻。

二、向大師學寫作

作文題目：

　　窗戶，可開可關，但是窗戶存在的目的是什麼？是為了敞開心靈？還是為了封閉思想？人們在心裡關上了窗，往往就過於戒備、提防，容易拒絕他人。你願意打開心窗，邀請別人進入你的內心世界嗎？請以「打開心靈的窗」為題，寫出自己的想法。

作文提示：

　　審題：題意較為抽象，首先應了解人的心靈容易受傷，因此容易與人隔絕，為了自我保護而封閉，所以要描述關閉心靈時的負面狀態，與打開心靈的正面價值及產生的改變。開頭：使用解題法，巧用比喻，形容心靈也需要耕耘，細心呵護，如同一棵平凡的種子長成稻穗，最後是豐收的喜悅。經過：運用列舉法，分為三段，分別說明打開心靈的窗可以帶來朋友、快樂和愛，並且將使人成為真誠和善於分享的人，帶來人生的光明面。結尾：用勤勉法，有勸說與鼓舞、激勵人心的作用，鼓勵讀者打開心靈的窗，就能讓生命有新的改變。

三、心智圖練習

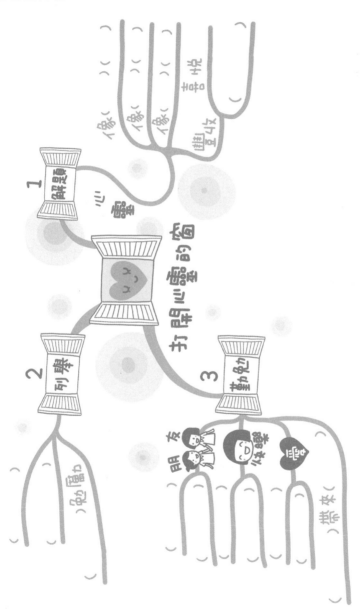

提示：「心靈」是內容的核心，每一個關鍵字、詞都要緊扣著它。

209

「文學閱讀素養」參考答案

1-1：1. A　　2. D

1-2：1. B、C　　2. C

1-3：1. C　　2. B

2-1：1. B、C　　2. D

2-2：1. B、D　　2. A、C

2-3：1. D　　2. B

3-1：1. B　　2. C

3-2：1. C、D　　2. A

3-3：1. C　　2. B

4-1：1. D　　2. A

4-2：1. B、C　　2. D

4-3：1. C　　2. B

5-1：1. B　　2. A

5-2：1. D　　2. C

5-3：1. B　　2. D

Note

Note

Note

國家圖書館出版品預行編目資料

向大師學習寫作：圖解：我的第一本心智圖
（mind map）作文書/高詩佳著. -- 二版.
-- 臺北市：五南圖書出版股份有限公司，
2024.09
面； 公分

ISBN 978-626-393-751-2(平裝)

1.漢語 2.作文 3.寫作法

802.7   113013158

1X5V

向大師學習寫作
圖解：我的第一本心智圖（Mind Map）作文書

作　　　者 ― 高詩佳(193.2)

企劃主編 ― 黃惠娟

責任編輯 ― 魯曉玟

封面設計 ― 黃聖文、姚孝慈

出 版 者 ― 五南圖書出版股份有限公司

發 行 人 ― 楊榮川

總 經 理 ― 楊士清

總 編 輯 ― 楊秀麗

地　　　址：106台北市大安區和平東路二段339號4樓

電　　　話：(02)2705-5066　　傳　　　真：(02)2706-6100

網　　　址：https://www.wunan.com.tw

電子郵件：wunan@wunan.com.tw

劃撥帳號：01068953

戶　　　名：五南圖書出版股份有限公司

法律顧問　林勝安律師

出版日期　2015 年 7 月初版一刷（共四刷）
　　　　　2024 年 9 月二版一刷

定　　　價　新臺幣350元